小学館文庫

小説　ホムンクルス

原作　山本英夫
脚本　内藤瑛亮　松久育紀　清水 崇
著者　江波光則

小学館

名越《なこし》　進《すすむ》…………34歳。元エリートサラリーマン。車上ホームレス。

伊藤《いとう》　学《まなぶ》…………22歳。父親の経営する病院の研修医。

チヒロ…………20代後半の女性。

奈々子《ななこ》…………20代後半の女性。名越の妻。

組長…………50代。ヤクザの組長。

1775…………17歳。女子高生。

※作品中の「トレパネーション」は極めて危険な行為です。絶対に真似をしないでください。

※この作品はフィクションです。実在する人物・団体・事件とは一切関係ありません。

プロローグ

名越進は、自分の母親と同い年のような旧車の中で、身を丸めて夜を明かす。

マツダ・キャロルの軽自動車ナンバーは、一般に見られる黄色ナンバーではなく、八八仕様の白ナンバーで、それは初年度登録が昭和四十九年以前であると示している。今年三十四歳になる名越進の世代では勿論《もちろん》ない。母親の世代ですら怪しいものだ。

軽自動車にしても狭い車だ。リアシート付きの四枚ドアとはいえ、とにかく狭い。狭い上に、内装に至っては酷い代物だ。シートは、雨ざらしで放置されたかのように表面が破れてめくれ、中身のスポンジまでいたんでいる。クッション性などまるで期待出来ない。それを強引に寝床にし、身の回りの小物を干しておく洗濯ハンガーまでぶら下がっているさまは、客を迎えることなど考えてもいない一人暮らしの、散らかった汚れた部屋にも似ている。

大人一人が快適に眠れる空間とは言いがたいが、名越進にとってそこは何処《どこ》よりも落ち着く寝床だった。

母親のような歳をした狭い車の腹の中で、名越進は胎児のように身を丸め、右手の親指を根元まで口に突っ込んだ姿勢で眠っていた。ノーネクタイのスーツを纏《まと》い、ファーフードの付いたコートを羽織り、いつも外を出歩く姿のままで眠っている。もう何日も、夜はこうして過ごしている。中で眠っていればレッカー移動されることもない。昼間に放置することもあるが、出かけるときはキャロルで出かけているから、離れている時間は僅《わず》かなもので、駐車監視員が来ない時間もちゃんと名越進は把握している。

狭い車の中で名越進は目を覚まし、覚ますたびに自分が何処にいるのか一瞬、分からなくなる。この生活になってから、そう長くはない。

胎児の姿勢で、親指を深々と咥《くわ》え込みながら眠っていることに自覚もない。

運転席に座り直して、眠気を振り払いながら見る物は、いつも変わらない。そこにある物がそのまま見えている。右手に高級ホテル。左手には中央公園。眼下に延びるのは片側四車線の公園通りだ。

目を覚ました直後は、名越進の脳内は朦朧《もうろう》としていて、自分が誰なのかも分からない。頭の中がクリアになるにつれ、毎日の行動ルーチンを思い出していく。眠気が飛んだから、というよりも「今日はこのぐらいやればいいだろう」となったところで、名越進はキャロルの中から外界へと憂鬱《ゆううつ》そうに身を移す。

右手に、ワインの瓶を提げていた。袋にも入れず裸のままだ。

公園には何人かのホームレスがテントを建てて住みついている。ブルーシートと廃材の組み合わせや段ボールなど路上生活の有り様は多々あるが、最近はキャンプブームに飽きた人間がよく捨てるテントを拾ってくる者も多い。名越進も、車を寝床にしている。カーホームレスという言葉が出来るぐらいには見かける生活様式だ。

名越進は時々、酒を差し入れることにしている。もっぱら、けして安くはないワインなのだが、安焼酎を差し入れるのと大してリアクションは変わらない。気にせず、名越進は高い酒を差し入れ続ける。向こうも、値段に気付いたような素振りは見せない。

お互いに暗黙の了解を守り、ついでにくだらない意地の張り合いをしているようなところがある。

名越進はホームレスたちに胸襟《きょうきん》を開いて、仲間入りしようとは思っていない。逆にホームレス側は、そういう相手を仲間扱いして、酒の値札は見なかったことにする。それで互いの意地やプライドがバランスを保てている。

ムラさんと呼ばれるホームレスと、名越進は最も話す。年配だが、リーダー格というわけではない。リーダーなどここには存在していないが、長老といった佇《たたず》まいはある。

朝から、集まって酒盛りをするほどホームレスも暇ではなく、小銭稼ぎ程度だが仕事をしている者も多いし、そもそも日の高い内から公園内で集まるほど社会性を無視しているわけでもないから、名越進は、そのムラさんに酒を渡しておこうと思っていた。

それが何故《なぜ》か今日は朝から集まっていた。

聞けば仲間の一人が死んだのだという。テントの中で冷たくなっていたのを発見したとかで、そういえばテントの前で手を合わせているのもいたな、と名越進はぼんやり思い返しながら、いつも通りワインを差し出し、ろくな会話もせずにさっさとその場を離れた。

差し出されたワインを弔《とむら》い酒と言って、名越進に感謝するような顔をホームレスたちは見せていたが、去って行く背中には陰口とも愚痴ともつかぬような、少なくとも好意的ではない言葉が寄せられているのも、名越進は分かっている。分かっているし、どうでもいい。

仲間が死んだというのに何も感じないのかと毒づかれても、仲間ではない。それはホームレスたちも分かっている筈《はず》だろうに、うっかり言ってしまったのは、やはり仲間の死が堪《こた》えているからだろう。そして名越進は何も感じてはいない。指摘はその通りでしかない。

ホームレスたちは名越進から受け取ったワインを雑に飲みながら、名越進を肴《さかな》に『通夜《つや》』を開いている。記憶がないらしいだとか、車の中に籠《こ》もっている変人だとか、胡散《うさん》くさいだとか、それらはホームレスたち全員にも言えてしまう話だ。誰しも胡散くさく、そして過去のことなど口にもしたくないし人にも知って欲しくない。仲間にならないから、自分たちが言われて困る言葉を向けられる。向けてしまうと、全員があっさり同調してしまう。酒の席での悪口は、仲間であると認識しない相手にならいつまでも繰り返せる娯楽になる。

声は秘《ひそ》やかだったが、名越進には大体聞こえていた。耳聡《みみざと》いのは昔からだ。いつからかは覚えていないが、きっと子供の頃からだろう。突然、耳が良くなったりはしないだろう。

鼻の奥に、ホームレスたちが摘《つ》まみにしていた廃棄食の匂いが残っている。それは何メートルか離れてしまっても、嗅《か》ぎ分けられる。胃を刺激され空腹を覚えたが、勿論、一緒に卓を囲む気はない。

いつも通り、名越進は公園から延びる歩道橋で、片側四車線の広い道を上から渡る。目の隅に、道の端に縮こまっているキャロルの赤いルーフが見えた。歩きながら、じっとしばらく、よそ見をしてでも古いキャロルを見続けている。離れるのが名残惜《なごりお》しくもあり不安でもあった。

薄汚れた、悪臭漂う、よれたスーツにコートという姿のまま堂々と、高級ホテルに入っても、誰も何も言わない。まるで泥の中から這《は》い出てきたような名越進を見てもホテルマンは一切の動揺を見せない。勿論、馴《な》れているというのもあるが、名越進の汚濁と悪臭が日に日に強くなっていっても、やはり同様にホテルマンは迎え入れる。

ホテル内のレストランですら、飲食物を決して安くはない価格で提供するその場所ですら名越進は拒絶されない。窓際の席で、店内に背中を向けて、ランチとはいえ二、三人前の量を貪《むさぼ》り食いワインのボトルを水のように空ける。周囲の目線が厳しいのは下品な食べ方もあるが、やはり悪臭だ。

名越進は地べたに寝泊まりしているわけではないから、殆《ほとん》どは体臭のブレンドだが、飲食店で嗅いでも構わないというレベルは通り越している。周囲の目線など気にせず、高層階の窓から食事の合間に、そして食べ終わりにも、眼下に小さく映るキャロルをしつこく確認していた。母親に捨てられるのではと恐れるような、そんな面持ちだった。

今の名越進が帰属意識を持てるのは、高級ホテルでも中央公園でもない。どちらに行っても、仲間には入れない。その二つの世界の狭間《はざま》に小さく蹲《うずくま》るキャロルの、狭い車内だけが名越進の居場所であり帰る場所だった。

レストランの会計はカードで払った。プレミアムの黒いカードは、名越進がここにいていいという滞在許可証のようでもある。そして同時に、中央公園の滞在許可証でもあるワインも、名越進は会計に乗せた。

急ぎ足で外に出る。見た目は泰然自若として仕草にも迷いがなく、さも常連という態度ではあったが、些《いささ》か呼吸が苦しくなってきて、吐きそうだった。

以前、ホームレスたちと話を合わせて宴席に付き合ったこともある。そのときも、自然に退席したが、トイレの中で食べた物を全て吐いてしまった。それは料理が旨《うま》いのまずいのという話ではない。食べてしまったら、その世界に取り込まれるのではないかという漠然とした不安からだった。今も、そうだが、いつもではない。

気まぐれにやってくる情緒不安定は自分ではどうすることも出来なかった。

人に感情をぶつけず曝《さら》け出さず、外面だけを取り繕っていれば、名越進は中央公園にも高級ホテルにも居場所は出来る。ただそれは名越進の気持ちの問題であって、結局のところ、外から求められているのは、金であったり物であったり、プレミアムカードであったりワインであったりする。

吐くのを堪えて、名越進はキャロルの車内に戻った。まだ日は高い。やることも特に浮かばない。何も考えたくないというようにシートに滑り込んで、ドアを強く閉めると、衝撃でグローブボックスの口が音を立てて開く。

名越進が怯《おび》えたように身を竦《すく》ませたのは、ポンコツの車内で、留め具の甘くなったグローブボックスが開いたからではない。中から金属音が小さく聞こえて、開いた中に、白い鍵が載っていたのを見たからだ。

その鍵を見た瞬間、名越進は間違いなく怯えた。

まるでキャロルが差し出してきたかのような白い鍵を、名越進は指で摘まんで、少し観察した。それはこの、不本意に閉じ込められた密室から抜け出すための鍵だ。名越進が帰っていける場所の扉を開ける鍵でもある。

名越進には帰るべき場所がある。それが自宅マンションの鍵だからだ。

べき、と言いきることが名越進には出来ない。少なくとも、今は帰れない。だが何故なのかは、思い出せない。その鍵が汚れた、呪いの品であるかのようにすら見える。その呪いを解いて、また日常に復帰することを許さない『何か』がなんであるのかを、思い出せない。

不吉な物を押しやるように、またグローブボックスの中へ放り込んで、閉じた。

それは居心地のいい、唯一の帰る場所であり居場所でもあったキャロルの車内に、不意に現れた異物だった。それは中央公園で誰かの死にも動じず、高級ホテルで悪臭を振りまく名越進と同類の代物だったが、自分がその『白い鍵』に抱いた嫌悪感と恐怖が、周囲の人間と同種の物であると名越進は気付けないままだった。

「……開けてください。怪しいもんじゃありません」

深夜だった。ウィンドウがコツコツと叩《たた》かれ、そんな呼びかけをされて、名越進は胎児の姿勢で目が覚めた。ウィンドウの向こうにいる男は、余り、招き入れたいとも関わり合いになりたいとも思えない、派手な風体《ふうてい》の男だった。

煌《きら》びやかな派手さではなく、ゴシックな、落ち着いた色合いの派手さだ。

ウィンドウを叩く手の甲にはトライバル調の刺青《いれずみ》が浮かび、薄くメイクされた端整な顔には鼻と耳にピアスが並び、金色の短髪が白い肌に似合っていた。幾つも嵌《は》められた指輪やネックレスが、街灯を照り返して下品に光っている。夜道で話しかけられたくはない、という風体は、いかにも悪そうでそして若さを感じさせるが、何処かやりすぎな風にも、名越進には感じられ、それ故《ゆえ》か恐れるでもなく、訝《いぶか》しげに睨《にら》み返していた。

薄い。

初対面で名越進はそう思った。

存在が薄い。ガムを噛《か》んでいるようだが、その味まで薄いのではないかと勘ぐってしまう。

「……なんだ、お前?」

その声を届かせるために、キャロルのウィンドウを手で回し、少しだけ開けた。全部開けるほどの手間は元からかける心算《つもり》もない。

「冷えますね、ちょっと入れて貰《もら》えませんか」

「他人は乗せない主義だ」

乗せるわけがない。ここは名越進の唯一の居場所であり、そしてとても狭い。唐突に現れた、派手で、そして何処か薄っぺらい、そんな相手ではなくたって、乗せはしない。だから、それで話は終わりだった。

だが相手にとっては会話のとば口だった。

「あなた、ホームレスですよね？　……家も仕事もない、ホームレス」

不躾《ぶしつけ》にキャロルの中を男は見回していた。ウィンドウ越しとはいえ、気分が悪い仕草だ。不躾に過ぎるが、それも名越進には、薄いものの上に更に薄皮を貼り付けているような不自然さしか感じられない。

だから言い返しもしなかった。騒音と同じだ。

「……」

「あ、すいません、気分を害したなら謝ります。……単刀直入に言いますと、あなたにある仕事を引き受けて欲しいんです。……七十万でどうですか？」

騒音がカネの話を囀《さえず》り始めたと思った。

えらい半端《はんぱ》な額だ。そして七百万でも男の声は騒音のままだっただろう。

黒いカードを、ホテルマンに見せるように、男にも見せてやった。

「残念だが『カネ』はある。余所《よそ》に行け」

また話はこれで終わりだった。なのにまだ続いた。続けてくる。それ自体はどうでも良かった。聞こえてくる騒音に文句を言ったって仕方がないからだ。だがいきなり、噛んでいたガムを口から吐き出し、フロントガラスに横一文字に貼り付け伸ばし始めたとき、名越進は間違いなく心をかき乱されて、いつになく大きな声を出した。

「おい……おい、お前、何やってんだよ！」

やっと出た、そんな小さな咎《とが》め立てだった。うっかり出てしまった、と言ってもいい。相手に何の威圧感も覚えさせない声だ。だから男は動きを止めない。どこからチラシ大の紙を取り出したかと思うと、伸ばしたガムでフロントガラスに糊付《のりづ》けしてしまった。

チラシの表、とでも言うのか。名越進からきちんと見えるように、それは貼ってある。

頭蓋骨の画像だった。額に、穴が開いている。またそれがおどろおどろしいタッチなのが、印象通りの薄っぺらさを感じさせる。

トレパネーション。頭蓋骨の下に書いてある文字は、フォント使いも合わせて、昭和の見世物小屋に貼り付けてある看板のようだった。

「ま、簡単な人体実験なんですけどね……『トレパネーション』ていって」

男は自分の眉間を突《つつ》いてみせる。

「ここ……頭蓋骨に、ちょっと穴を開けるだけなんですけどね」

そして用意していたような、さも邪悪に見えるという笑顔を浮かべてきて、名越進の心にも倦怠感《けんたいかん》が紛れ込んでくる。何かにうんざりしたのは久しぶりかもしれない。苦笑いが浮かんでくる。

「もういいから、帰れ」

「いやいやいやいやいや、『頭蓋骨に穴』とか言われると、ちょっと引くと思うんですけど、全っ然大したことないんすよ、マジで、聞いてくださいよ。……ぶっちゃけ、頭蓋骨なんて歯と一緒」

今度は歯をむき出しにして突いて見せてきた。

瞬間、キャロルのフロントサスペンションが不自然に沈む。男が、尊大な仕草でボンネットに腰掛けてきたのだ。それだけで、普通の人間は怒るだろうが、名越進は怒らなかった。黙って話を聞いていた。騒音に等しいそれを聞き流していた。

「……だって、ただ骨を削るだけですから、もちろん脳は無傷ですよ。それでいて……」

余りにも手応えがないことに流石《さすが》に気付いたのか、男は話をそこで一旦、止めた。

ボンネットから降り、今度は路面にだらしなく腰を下ろす。

「……こんな話、聞いた事あるでしょう？　人間の脳は十％しか使われていない。

もし残りの九十%が引き出せればどうなるか？　他の人にはない研ぎ澄まされた感覚が解放され、第六感が芽生えたり……」

路面から這い上がるようにウィンドウににじり寄ってくる。酔っ払いが絡んでいるような仕草だ。男の顔が、ウィンドウの下半分から車内を覗《のぞ》き込んでいる。名越進は目も合わせようとはしていない。

「……なくした記憶が戻ったり」

「……だったらお前が自分に穴開けろ」

「……」

「自分で体験すりゃいいだろ？　ほら、ここにちょっと穴を開けるだけなんだろ？」

真似《まね》をして額を突いてみせる。名越進は自分が、常より人と関わっていることに自覚がない。仕草を模倣し言い返している。既に男は騒音ではなく話し相手で、そうなったきっかけは『記憶が戻ったり』の一言にほかならなかったが、そんなことも気にならない。

今、名越進は自然に他人と接している。

男は駄々をこねるような仕草でふざけてみせた。薄笑いは張り付いたままだ。

「嫌ァですよ、そんなの……だって怖いじゃないですか……」

「お前、しつっこいな、他当たれって。この辺なら金に困ってる奴なんか、いっぱいいる」

「あなたじゃなきゃダメなんですよ」

「なんでだよ」

「このホームレスが集まる公園、そしてこの常識人が集う高級ホテル。その間にちょうどいるあなたがいいんですよ」

その分かったような物の言い方に、名越進は若干、感情が動いた。ウィンドウを手動で全開にし、身を乗り出してフロントガラスから『トレパネーション』のチラシをひっぺがすと、丸めて放り投げた。まだガムが残っていたが、あとで剝《は》がせばいい。

「……ドア開けて出てきた方が早くないですか？　どうしても開けたくないんですか？」

「あのな、どういう見込みで来たのか知らんが、俺はただ有休を使ってホームレスを体験をしてるだけなんだよ。まあ、いわゆる……〝自分探し〟ってやつだよ。分かったら他当たれ、ほらさっさと帰れ」

男が、身を乗り出していた名越進に顔を近づけてくる。名越進の顔は、歪《ゆが》んでいた。

それは本人も意図せぬ癖だ。左の口角が不自然に上がり表情が歪む時、名越進は間違いなく嘘を吐《つ》いている。嘘を吐いている時、名越進の顔は左側が歪む。

「……嘘ついてるとき、分かりやすいんですね」

「何も嘘なんか吐いてないんだよ俺は」

「感情というか、自分を押し殺すタイプによくあるんですよ、特定の行動で、分かりやすい歪みが出てくるのって。そういうとこ、自分にあるのちょっとは覚え、ありません？　恥ずかしいことじゃないですよ、誰にでもあるんですから、そういうところ。人に拠《よ》って違った形の歪みになって、出ますけどね」

「……？」

「例えばですけど、涙が出なかったりしませんか？　ってか、そもそも悲しくもなれない。なのに必死に何かを感じようとしてる……そうでしょ？　そうなんでしょ？」

男の薄っぺらさが一転、突然厚みを増して、しかも鋭さを伴って名越進に突きつけられていた。

名越進は返す言葉を失い、頭の中を混乱させている。勿論、幾らでも言い返せる。

それなのに、混乱している。

そんな心算じゃなかった、という言い回しがある。

男も、無数の言葉の中で何かが刺さればと思っていただろうが、今のが名越進を混乱させるとは思っていなかっただろうし、そもそも、本人が、何故自分は今、混乱しているのか理由が分からない。

必死に何かを演じようとしている。

それは喩《たと》えるなら、陰口を正面切って言われ、聞き流せなくなったような戸惑いに似た混乱だった。だから見当違いなことを名越進は口にした。

「……お前、暇なんだな」

「いやいや、違う違う……違いますよ、会話、繫《つな》がってませんよね、それ？」

「呆《あき》れてるんだよ、さっきから適当なことばっかりべらべらと」

「……呆れる？　こういうこと言われたら普通怒るんですよ、それでなくともフロントガラスにガム貼られたり、ボンネットに乗っかられたり、怒らない理由の方が探すの難しいと思いますよ？　なのにあなたは、怒らない。呆れるだけ？　それも演技か嘘なんじゃないですか？　演技でも嘘でもなく、自分はちゃんと生きてるって感じること、ありますか？　名越さん」

嫌な沈黙があった。それは名越進の呼吸を妨げる沈黙だった。そのまま話し続けてくれていたら、ひょっとしたら聞き流せたかもしれないのに、男はそこできっちり、言葉を止めて、沈黙を差し挟んでくる。

だから名越進は言うしかなくなってしまう。

「お前……何で俺の名前知ってる？」

「……記憶、ないんですよね？」

「……」

「また、会いに来ますね。今夜はこれで」

一方的に会話を打ち切られ、背中を向けられた。名越進の中に残った猛烈な感情の揺らぎは、怒りでも呆れでもなく、今、自分は何かを収奪されたという喪失感からだった。それは簡単に言えば、『悔しかった』という単純な表現になる。

だからその背中に食い下がった。

「……おい、待て、お前一体、誰なんだ？　突然来て勝手に……！」

「随分興味を持って頂けたみたいで嬉《うれ》しいですよ。ではまた、今度。いえ、ホント、すぐですよ、すぐ会いに来ますから。考えておいてくださいね、トレパネーション。前向きに」

一度だけ振り返った男は、人差し指で自分の額を突いて見せた。

車から降りようとしない名越進には、それをただ見送るしかない。

その日の寒空は雲一つなく、街の光に邪魔されない月だけが、歪《いびつ》な円を描いて浮かんでいる。

それは何ということはない、平凡な都会の夜の空でしかなく、特筆すべきことなど何一つとしてない、いつもと変わらぬ月夜だった。


歯を磨いていた。

中央公園の公衆トイレで、名越進は歯を磨く。ホームレスがみな、身だしなみを気にしないかというとそうでもなく、熱心にではないがそれなりにはしている。特に、歯は痛めると厄介だ。とはいえそれは最低限の範囲内に留《とど》まり、名越進のようにほぼ日課となっている者はそうそう、いない。

多くのホームレスにとって歯磨きには儀式の趣《おもむき》がある。名越進の歯磨きは、ただの日課だ。

だからか、歯磨き中に話しかけられたことはない。ないが、その日は違っていた。

息せき切って走り回りながら、『車のアンちゃん』と連呼されているのに気付いたとき、はっきりと嫌な予感がして歯磨きを途中で止めている。

トイレを出ると、目の前を走りすぎたホームレスが戻ってくる。

「あっ、車のアンちゃん！　大変、アンちゃん……アンちゃん……あっあっアンちゃん……」

慌てている。本当に大変な事が起きたという慌て方だ。自分の身に降りかかった災難のように、慌てている。何ごとだろうと名越進は訝しむ。

「……どうしたんですか？」

「アンちゃん……大変！　くっ車、車がっ……」

「えっ？」

「早く」

「えっ」

「何遍《なんべん》、『えっ』て言うのよ、いいから早く！」

そう言われてまごついた顔のまま、それでも口の中を濯《すす》いでから、名越進は仕方ないという仕草で小走りのホームレスの後ろに付いていった。

連れて行かれた先で、名越進は目眩《めまい》を覚えた。

あるべきものがそこになく、見えるべきものが見えないという認知の歪み。大袈裟《おおげさ》かもしれないが、他人にはこの感覚は分からないだろう。余りにも当たり前に認識していたものが唐突に消えるという感覚は、『我が目を疑う』という言葉が相応《ふさわ》しいものであり、何度疑っても自分の認識や思考が正解だと思えなくなる。

名越進のキャロルがない。

車が見えない。

車が認識出来ない。

たかが車の話かと言えるのは他人だからだ。どうやったらまた、車が見えるのかなとさえ考えてしまい、まともな思考が出来なくなる。

（キャロル）88品川《しながわ》い9048 新宿《しんじゅく》レッカー移動。

殴り書きで、路面にチョークでそう書かれている。マツダ・キャロルが停まっていた路肩に書かれたそれは、車を盗んだ上に挑発している落書きのようにすら見えた。

それは勿論、法的な処置、駐車禁止に対してのレッカー移動を告知するものであるから、盗まれるのとは全く意味合いが違う。受け取りに行き、然《しか》るべき罰金を払えば済む話だが、名越進は放心して膝を突いてしまっていた。

盗まれようとレッカーされようと、それはこの際、どうでもいいのだ。

あるべきものがないことにショックを受けている。

キャロルは、駐車禁止であろうと、この公園通りの端、中央公園と高級ホテルの間に常に存在していなければならない。それが動くときは、名越進の意志と手足によって意識下において為《な》されなくてはならない。

怒るであるとか、悲しむであるとか悔しがるであるとか、そういう感情が名越進の中から全く出てこない。そこにあるのはただの虚無だ。感情に巨大な穴を開けられて、為す術《すべ》もなく脱力しているだけであったし、そもそも、それしか出来ないのだ。

つまり自分の認識しているものが脳内で処理出来ない。というよりは、処理を拒んでいる。処理してしまえば、ここにキャロルがないと認めてしまうことになる。それが、イヤなのだ。有り体《あてい》に言えばそれは、現実逃避にほかならないが、逃げ方が尋常ではない。

名越進が今どうなっているかなど分からず、周囲にはホームレスが集まり、慰めの言葉を口にしている。

「……ああ、ああ、やられたかあ……おい、ええ、何も持ってかなくてもえかべよ、なぁ」

「車の中に服やら何やら入ってたんだろ?」

「このレッカー代、結構金かかんどう」

「でもアンちゃん、金持ってんだよな?」

日頃はホームレスたちも名越進の態度は気に入らないと思っているし、酒をくれるからという理由で愛想ぐらいは見せる。だが、この完全に放心し、車をレッカーされた名越進に見せる態度は、素の親切心と気遣いで、彼らは基本的に、降って湧いたような災難というものには敏感な同情心を抱く。

が、名越進にとってそんなことはどうでもいい。その場に座り込んで何も言わない。

言葉を失って固まってしまったような名越進の姿は、ホームレスたちが初めて見る素振りであり仕草であったが、それはそれで、彼らにとっては怪訝《けげん》でしかない代物だった。

「おい、あんちゃん。金あんだろ? 何だよ、盗まれたんならともかく、レッカーだぞレッカー。引き取りにいきゃあるんだぞ?」

「おい……あんちゃん大丈夫か?」

「この人のこんげな顔、初めて見た」

そう言わしめるだけの茫然自失《ぼうぜんじしつ》の体で、名越進は視線も定まらずあちこちを見ている。車がない、キャロルが見当たらないという不安に震え出しそうにすらなっている。言われるまでもなく、名越進だって、レッカー移動されたものなら、引き取りに行けばそこにある、という理屈は分かっている。理屈を押し潰《つぶ》して不安で塗り込めに来るそれは、喪失感そのものだ。

名越進は喪失感に耐えられない。

得たもの、あるいは持っていたもの、それらを失うのが不安で仕方がない。ぽっかりと空いた空洞に、何か他のものを詰め込まなければならない。詰め込むべきものを探して名越進の視線は空中を彷徨《さまよ》っている。

そこに何もなければ、名越進は放心したまま膝を突いて震えていただろう。だがそれはそこにあった。期待通りだったと言ってもいい。そこにある、そこにいるだろうと名越進は確信していたし、同時に期待もしていたし、縋《すが》り付いてさえいたが、自分のそんな心の機微すら名越進には分からない。喪失感に詰め込めるものがそこにある、と知っていて、飢えたように視線を据える。

昨日の男だ。そこにいる。すぐ傍《そば》にいる。植え込みの向こう、歩道の際だ。そこから踏み越えてくる様子はない。ただそこでこちらを見つめ観察している。

それに視線を向けただけで、見つけ出したというより見えた程度の作業で、名越進は飢えが満たされるように力を取り戻していく。そこに、それがいたからだ。そこに何もないことが名越進に膝を突かせ、そこにそれがあることが名越進を立ち上がらせる。

「……やっぱりお前か」

「唯一の居場所がなくなったのに、まだ、ここにいるんですか？」

「お前の仕業なんだろ、これは。……俺に車を返せ。ここに持ってこい」

「いいですけど。名越さんて車のために生きてるんですか？ 他に何か、生きる目的、お持ちじゃないんですか？ 何のために生きてるんですかあ、名越さんって」

「知るかよ、そんなもん」

名越進は吐き捨てた。それを相手は、丁寧に拾い上げた。

「……お、やっと苛立《いらだ》ちくらいは見えましたね、名越さん。……安心してくださいよ、もっときっと、あげられると思います。協力さえ、してくれればね」

男が自分の額を突いている。

「トレパネーション。……手伝ってくれますよね？」

「それでお前は、何を俺にくれるって？　それで何を、俺は得られるって？」

「七十万。そして生きる理由」

まだ男は自分の額を突いている。

「……さしあたり七日間、あなたに生きる理由をあげますよ」

そんな勿体《もったい》ぶった、芝居じみたその物言いを、名越進はそれほど嫌いではないと思った。

一日目

そのマンションは見た目ほど階数があるわけではなかったが、螺旋《らせん》階段など使って登っていくと、自分が今、何階にいるのか分からなくなる。

古くさい、大きな螺旋階段を、振りまわされるようにして上へ上へと登っていくが、そのこれ見よがしなアンティーク感に名越進がうんざりするより先に、目的の階へと着いたようだった。

古びたマンションで、何処か廃屋じみた雰囲気がある。高級マンションどころか一人暮らし向けの、寮のような分譲マンションにすら築年数もコンディションも劣っていて、一見は貧乏団地の趣さえある。

何だかそこにこそ、嫌味くささがあると名越進は鼻白んでいた。その、貧乏くささや古くささというものがアクセサリーのように感じられてならない。訊《き》いて本心を言うとは思えないが、幾らでも物件など選べた癖に、敢《あ》えてここを選んだのだという嫌味くささ。

誘われた部屋も、名越進には取り立てて凝った部屋とは思えなかった。間取りも壁紙もごく普通、強いて言えば一人暮らしには広すぎるくらいか。

だからこの部屋をどこかゴシックで大仰な風に見せている、思わせているのは、調度の所為《せい》であり、乱雑に置かれた、或《ある》いは壁に所狭しと貼り付けられた、洋書からの切り抜きや洋書そのもの、そして分厚い専門書といったものが平凡な部屋を飾り立てているに過ぎなかった。

医学書があり、ファイルがある。棚には薬品類が並び、研究室かのように演出されている。おまけに、穴の開いた頭蓋骨まである。誰に見せるためというわけでもなさそうだったが、自分の必要に応じて並べた代物としては、やはり大仰で嫌味くささがあり、もっと言えば嘘っぽくさえあった。そもそもその頭蓋骨はいらないだろう、と思ってしまう。

頑張って考えた不気味な研究室。そういう薄っぺらさだ。そう感じてしまうのは、名越進の性格が悪いからかもしれなかったが。

壁に貼り付けられた切り抜きや、それに付随する画像は、トレパネーションに関するものらしく、頭蓋骨に穴を開けるという常軌を逸した、不気味な施術の実例が多く、必然、気味の悪い、狂気を感じる画像ばかりが目に入る。

「随分、趣味の悪い部屋だな……」

貼られた画像そのもののことではなく、そういった物で飾り立てているこの部屋の有り様を見て名越進はそう評した。趣味の悪い部屋。家具のセンスがない、と言っているのと大して変わりはない評価であった。

が、相手はどうもトレパネーションに関しての感想だと思ったらしい。滔々《とうとう》と、トレパネーションを異常ではないと強調するような言葉をまくし立ててくる。

「……トレパネーションは、新石器時代の大昔から行われているれっきとした医学手術です。今もオランダにはITAGという普及活動をやっている団体もいるほどです。自分で穴開ける奴もいますよ、ほら」

指さされた先には、自らの脳天にドリルを突き立てている男が映っていた。

自分で、頭蓋骨に穴を開けようとする感覚が名越進には分からない。施術を待てないほど焦っていたのか、あるいは施術そのものに関して何らかの食い違いがあり、独自に施そうとしたのか。

もしくは単純に、誰もやってくれないから、自分でやっているのかもしれない。

何にせよ理解は追いつかない。

「とんだ変態だな……で、そもそもお前、何者だ？　名前は？」

「それ……僕の名前とか気にするの遅くないですか、名越さん？」

「どうでもいいからな。ただ名前くらいは、知りたいだけだ」

　本当に興味がなかった。相手の名前にも、正体にも、背景にも、興味はなかった。ただ会話の都合上、名前ぐらいは、とそれだけだった。名越進は他人にそれほど関心を抱けないし、抱く気もなかった。

　そこで名越進に差し出されたのは、病院の職員パスだ。受け取って、眺める。

　伊藤学。

　そう書いてある。顔写真は目の前の男とはまるで違う、真面目を絵に描いたような風体の男だったが、その落差はよく、まじまじと見ていると、みるみるうちに違和感が消えていく。

　同一人物だ、と名越進が思うまでは数瞬のことだ。

「……伊藤学、研修医です」

「病院勤めか」

「ええ、父の経営する、大病院ですよ。ま、所謂《いわゆる》、ボンボンです、僕は」

　大病院、と言われて名越進は吹き出すところだったが、伊藤学は自分の出自を過大に飾り立てているワケではなさそうだった。自分に伝わりやすいように、平易で単純な表現を使っている。伝えたいことは別にある。

名越進は、伊藤学に職員パスを返す。

「……バレたらマズい立場だろうな、大病院のボンボンじゃ」

自分の踏んでいるリスクを少しでも曝け出すことによって、より対等な取引に持っていこうとする。伊藤学が意識的にか、無意識にかは分からないが、今やっているのはそういうことだ。

だから少しは安心してください。伝えたいのは、それだろう。

「バレても構いませんよ。僕は人間が知りたいだけですから。そしてそれが、他の何より最優先でもあるんです」

気取ったセリフを聞きながら、名越進は、部屋の隅にある写真立てをさっきから見つめていた。これだけ飾り立てた部屋の中で、それだけは素が出てしまったというような、恐らくは子供時代の、伊藤学の写真だった。一緒に映っている口ひげの男は、父親だろうか。その周囲には看護師たちもいる。

少年時代の伊藤学は無表情で、おおよそ、子供らしさは感じられない。

無言で、名越進はその写真立てを見ていたが、伊藤学は気にした風もない。気にするぐらいなら、わざわざ飾ってはいないだろう。

「名越さん、僕からも一つ、いいですか？　自分のこと、どれくらい憶《おぼ》えてます？」

「さあ、そう言われてもな……」

「そんなに、ご自分に興味がないんですか？」

「……今更、どうでもいいよ、新宿のど真ん中にいるのに誰も探しにこないんだ。そんな男の人生は何の価値もない。俺が無価値だってことの、何よりの証《あかし》だよ」

そんな風に言ってしまう自分を、少し芝居がかっているなと名越進は自覚している。しているが、出てきてしまう。恐らくは伊藤学に、引き込まれている。向こうのペースにはまっている。もしくは、この部屋の雰囲気に呑《の》まれているのかもしれない。

「そんな男だから興味を持ったんですよ、僕は」

さらりとそんなことを言う。

芝居がかった言い回しの応酬ならば、名越進は伊藤学に引きずり回されるしかない。

それを手術室と呼ぶのは躊躇《ためら》われたが、そう言われれば、そうだと思うしかない。

なんということはない間取りの一室に、ビニールシートを張り巡らした様は、手術台やら手術器具やらをどれだけ配置してみたところで、いいところ、塗装業者の作業場のようだ。きっと俺はこれから、吊《つる》されて、赤や黄色に塗られるのだろうと名越進は想像し、少し笑えた。

嘘くさい手術室の中で、術着など着せられて台に横たわっていると、子供のお遊戯に付き合わされている気持ちになったが、伊藤学の手が額に伸びてきて、×印のマーキングを書き込んだ瞬間は、流石に名越進も肝が冷えた。

どうでもいいが命がけだな、というちょっとした焦り。

命がけだがどうでもいいな、という諦観。

その二つが同時に湧いてきて、阿呆《あほう》のように横たわっている名越進をまだらに染め上げ始めていた。

「人間は生まれたとき、頭蓋骨に隙間があって穴が開いてる状態なんです。でも一歳半を過ぎると塞がって、脳は頭蓋骨に圧迫されていく……」

同じく術着に着替え、マスクをした伊藤学が滔々と何か述べている。

手術台の周りに置かれた医療器具をチェックしながら話しているようだったが、手術という言葉から余り連想されない、馬力のあるモーター音が鳴り響き、刃の回転は高音に達し耳障《みみざわ》りになってくる。

なるほど、歯と一緒だな、と名越進は納得した。

伊藤学は動作チェックを終えた器具を一旦置いて、今度は注射針をチラつかせた。

「そこで……穴を開けて脳の血の巡りを良くしてやれば、生まれたときと同じ状態で脳が活性化され、使われていなかった潜在能力が引き出される……それがトレパネーションの簡単な原理です」

額に針が滑り込んでくる。局所麻酔だ。意識が落ちることはない。

頭蓋骨に穴を開けるのも、親知らずを引き抜くのもそう変わりはない。

「……安心してください。はっきり言ってその辺の医師より腕は確かです。あ、ただ、穴開けるとき、決して動かないでくださいね。脳膜が破れたら大変ですからね」

「それだったらそれでいい。植物状態になったとしても、今となんら変わりないからな」

強がった気はなかったが、そう聞こえたのかもしれない。伊藤学は微《かす》かに笑った顔で、名越進の額、×印の書き込まれた場所を指先で二、三度、突いた。分厚いゴムを当てられた状態で突かれているような、嫌な感触がある。

「……そろそろ麻酔、効いてきました？」

「ああ」

顔にドレープをかけられる。何も見えないわけではないが、見なくても済む。ドレープ一枚を隔てた向こうからは、伊藤学ののんきな鼻歌が聞こえてくる。無造作に、額の皮を、丸く切り始めているようだったが、それもいつから切られていたのか曖昧だった。

血が流れてくる。それほど、多くはないが、垂れてくる。局所麻酔のかかった部位から、かかってない部位まで流れ落ちてくると、不意に肌を生ぬるく撫《な》でられているようで、不快感があったが、それもすぐに忘れた。

伊藤学が電動ドリルのスイッチを入れて、先端に付けられたダボ錐《きり》を旋回させている。ただのドリルではなく、穴の周囲を錐のサイズに合わせて、丸く切り除くことが可能な工具だ。パーフォレーターという歴とした医療器具だが、見た目だけなら人体に使っていいとは思えない、そんな代物が名越進の額に無造作に近づいていく。

麻酔が効いている。痛みはないが、頭蓋骨に穴を開けられている。脳と言わず、頭蓋骨の中にある全てがぶるぶると震えて細かいパーツが千切り落とされていくような錯覚を名越進は覚えたが、それも不純物が削《そ》ぎ落とされていくような錯覚に変わり、悪くはなかった。

それは勿論ただの誤解で、思い込みなのだが。

ドレープの隙間からちらりと見えた伊藤学の顔に、自分の血液が飛び散っているのが見える。伊藤学は、額に押し当てたダボ錐をまだ離していない。振動は錯覚から恐怖へとそしてまた錯覚へとめまぐるしく移り変わり、その緊張感に、つま先と指先に力が入り、つい跳ね飛ばしてしまいそうになる。

……動かないでくださいね。脳膜が破れたら大変ですからね。

この感覚に耐えているのは、そう言われたからかもしれなかった。言われていなかったら、動いていたのではないか。

暗い、何も見えない暗闇が錯覚される。自分の眼球ではないものが、頭蓋の中から、丸く生まれる光を眺めている。そういう錯覚だ。それは小さな光る円を描き続け、やがて頭蓋骨を綺麗に切り抜くまで、それは指輪のような光として、微かに振動しながらそこにあり続けた。

名越進はその光を見上げていた。

名越進は、中央公園と高級ホテルの間にある、自分の母親と同じような歳の旧車の中で、胎児の姿勢で目を覚ます。それはいつもと変わらぬ仕草で、変わらなすぎて、無意識に、額を搔《か》いた。痒《かゆ》かったからだが、原因までは思い出せなかったから遠慮なしに爪を立ててしまい、激痛に呻《うめ》いた。

室内ミラーに映る、額に、うっすら血の滲《にじ》むガーゼを当てた自分の姿を見て、それからそっと、ガーゼの滲んだ部分を押してみる。小さな、穴が、確実にその向こうに穿《うが》たれていた。それは別に、何ということもない、ただ額を怪我《けが》しただけという印象しか湧いてこない。

助手席に、薬の入った袋と、そして茶色の封筒が置いてある。

手に取るでもなく、ぼんやりと見つめている。額に穴が開いているからというのではなく、単に寝起きで、何もしたくないから、眺めていただけだ。どうせ茶封筒には、伊藤学の言っていた現金が入っているのだろう。三十万だったか。

叩き返してやろうと決めていた。金はある。

何処で、まで考えて、やっとワイパーに、中華料理店のチラシが挟まっているのに気がついた。

『一緒にご飯でも食べましょう　伊藤』

チラシの裏には、そう書いてあった。

二日目

一

「……実験期間は今日から七日間。前金で三十万、残りは終わったらお支払いします」

中華料理店でそう、話を事務的に切り出され、名越進は伊藤学の目の前に、三十万の入った茶封筒を突き返した。

「……『金だったらある』って言っただろ。で、お前の目的は何だ？」

「普通、それ穴開ける前に聞くもんじゃないんですか」

強いて金を受け取れとも伊藤学は言わなかった。強引に、金で納得させる必要がないのなら、それでいいのだろう。少なくとも今の名越進は、自分が納得するのに、金など必要ではなかった。金に困って、頭蓋骨に穴を開けたわけではない。

はい、と言って伊藤学はタブレットを見せてくる。

そこに、これからの実験、七日間にわたる予定表が表示されていたが、名越進は目を通してすぐに、顔をしかめて、ややもすれば睨んでいると思われるほどに不機嫌になっていた。

「……ESP実験、霊感発動チェック、サイコキネシス実験……お前何だよこれ？医学的な実験じゃねえのか？」

「ぶっちゃけて言います。心霊やら超能力、そんなオカルト的なもの、僕は信じていません。全て脳の仕組みで説明出来ます。だから、今回の実験で、僕が抱えている疑問を片っ端から潰していって、胸をはって否定したいんです」

「否定したいって、何を？」

「この目の前の世界をですよ！」

「失礼します。エビチリです」

ESPとかオカルトとか脳とか言っていたら、店員がエビチリを運んできたので、二人の世界は小さく否定された。少なくとも名越進は「今、否定された」と思った。何がサイコキネシスだという気持ちもあったので、面白かった。

空いた皿を下げていく店員も多分、二人の世界を壊してしまったという自覚がある。動作が不自然に速い。いたたまれなくなる。この空気をどうする心算だろうと、名越進は視線を送る。だが伊藤学には全くくじけた様子はない。

「じゃあ早速ですが、簡単なゲームから始めていきましょう！」

「はあ？」

「まずはＥＳＰ実験です、これはすぐ、ここで可能です。ＥＳＰが何の略かはご存じですか？」

「……駅前の音楽学校？」

「超感覚的《Extra-Sensory》！　知覚《Perception》です！　つまり通常の感覚に拠らず情報を得る知覚、あるいは、通常人のそれとは比べものにならない膨大な知覚知見を得る、そういう能力です！　わかりやすく言えばテレパシー、もしくは透視、予知、予言、その手のものです」

淡々と説明しながら、胸元から取り出したカードの束を、中華料理店のテーブルに並べていく。注文した料理が他になかったかと名越進は気になった。もしあっても、しばらくは持ってこないで欲しい。

並べられたカードは全て裏面で、当然、表面は見えない。

「……トランプじゃなさそうだな？」

「ええ。図柄も全く、違います。丸、十字、星、川、三角……これらをペアで当てていく」

「そういうゲーム？」

「実験です。これを使う理由は、不正以外の攻略法がないからです」

熱の籠もった解説だった。伊藤学は、超能力であるとかオカルトであるとか、そういうものを否定したい筈だった。これでは、早く実物を見せてくれと言わんばかりだが、恐らくもっと先のことへの期待に、伊藤学は興奮している。

もし、頭蓋骨に穴まで開けた人間が、何の特異性も生み出せなかったとしたら？　開けられた方は堪らないが、納得してやっているなら、いいだろう。何も拐《かどわ》かされて無理矢理、穴を開けられたわけではない。

だからこの、ゲームか実験か分からないカード遊びにも付き合ってやったってい い。

「……この並べたカードの中から、五つのマークのうちの、星のカードを当ててください。全部で五枚あります。その精度を見る実験です」

「五枚、当てればいいわけね？　はいはい……」

完全に子供の遊びに付き合う気持ちで、カードに手を伸ばす。どのみち、不正以外の攻略法がないというのなら、どう頑張ったって無駄だ。出たとこ勝負で五枚めくってみせるくらいしか、やりようがない。

「名越さん……『左』でやってください」

「左？　こうか？」

手を入れ替えて左手を差し出し、カードをめくろうとするがそれも止められる。

「そういうことじゃなくて」

「何だよ？」

「左側全体で感じてみて欲しいんです。視覚、聴覚、嗅覚、触覚……全てを身体の左側半分だけでイメージしてやってください」

「……」

「……」

「……了解」

そう言われても、と名越進は正直、思ったが、そうしてくれと言っているのだから、やり方を考えてみる。例えば、左肩を気持ち前に出し、やや半身になる。が、テーブルにつき椅子に座ったままだから、そうそう、左を前にしているという風にもならない。ましてや全身の感覚を、左側を意識してやれと言われているのだから、姿勢がどうこうという話ではない。

「例えば、こう……」

伊藤学が、右手を泳がせ、そして自分の顔に指を這い回らせる。右耳をいじり、それはやがて右目を覆った。

「眼か、耳を塞ぐ。右の方を」

「……何でだ？」

「集中して欲しいので、あとで言います。やってみてください」

眼か耳か、と思いながら、名越進もそうしてみる。耳、ではぴんとこなかった。

右目を覆っても、それほど違いはなかったが、やはり視覚を遮り、立体角や距離感を失わせる方が、耳を片方塞ぐよりも、塞いだ方を「殺している」実感がある。

右目を、右手で塞いだ。

世界は厚みを失った。少しばかり狭くもなっていた。

その中で名越進はカードをめくる。

二

ありがとうございました、の店員の言葉は酷く生々しい現実で、さっきまで片目を塞いでカードをめくっていた俺はなんなんだ？　と思っている部分は名越進の中に確かにある。店の中から外へと出てしまえば、尚更だ。

全てが冗談のように思えてくる。

星のカードを、五枚中、四枚、引いていた。あれもまあまあ、いい冗談だった。完璧でもないし、期待ゼロなほど低くもないだろう。

「調子に乗らないでくださいよ」

「は？」

「今日は予行演習的なもので、明日からもっと本格的な内容になりますからね」

「なんだ、四枚はいい方なのか」

そう会話してみたものの、いい方だろうと名越進もそう思う。

あくまで、冗談としてのスコアだが、その程度にしか考えられないのも事実だ。今日から七日間、ずっとこんなゲームをするのだろうかと思うと、ちょっと笑えてくる。これに七十万を払うと言いだす伊藤学がおかしいのは勿論、頭蓋骨に穴など開けられている名越進はそれ以上におかしいだろう。なにせ、金などいらないと言い張っているのだ。

伊藤学が連絡用にと渡してきたスマートフォンには、伊藤学の番号だけが登録されているらしいが、勝手に使っても構わないという。ついでにモバイルバッテリーまで添えてきた。

「気が利くな」

「それ、三回満充電に出来ます。本体だけなら一日半から二日ってとこですよ」

単に気が利くというより、七日間、電源を切れさせないという名目の方が強そうだった。結局、出る出ない、かけるかけない、見る見ない、それは受け取り側の勝手なのだから電源どうこうでは、ないだろうが。気持ちの問題でもある。そんな風にごちゃごちゃと考え過ぎて、伊藤学から視線を逸らしてしまっていた。

「それと」

「うん？」

不意打ちで、頭に何か被せられた。ニット帽だった。うまいこと、額の傷が隠れるような帽子だった。恐ろしくスムーズに被せられている。

「おいっ…？」

「……似合ってますよ！」

伊藤学はそう言いながら、わざとらしく自らの口角を上げてみせる。

名越進が嘘を吐くときにそうなるのだという。それは、本人には、よく分からない。だが、その顔は間違いなくムカつく顔だなとは思った。嘘を吐くたびにこんな顔をしていたら、周りからは誰も居なくなるだろう。

そう考えていると舌打ちが出た。

「じゃ、また明日。お願いします」

去っていく伊藤学の背中を見送って、自分もキャロルの車内に帰ろうと歩き出す。

そういえば、なんで右目を隠せと言いだしたのか、訊くのを忘れたと思ったが、名越進はすぐに、そんなことはどうでもよくなっていた。どうせまた益体《やくたい》もない屁《へ》理屈《りくつ》や雑学を聞かされるのだろうと思っていた。

どうでもよくない、と気付くのは、小一時間もしないうちだった。

繁華街の片隅を、中央公園に向かって歩いていた名越進にちょっとした風が吹きつけてきた。なんということはない、風だったが、繁華街の隅を選んで歩いていたからか、小さなゴミが乗ってきて、右目を突き刺してくる。

それはただの偶然以外の何物でもなかったし、名越進ですら、それを特別な出来事とは思わなかった。目にゴミが入り、それを拭い払っただけだ。右目をそうして、少しの間だけ閉ざし、誰かにぶつかったりしないよう、世界を左目だけで見た。

「……？」

最初は何も気付かなかった。左目だけで見る世界の異常さに気付くには、もっとよく周りを見なくてはならなかった。繁華街を行き交う何人もの男女が、その光景が一瞬だけ、ブレる。そのブレは、右手を離し、両目で見てしまうと、消えてなくなってしまう。

太ったサラリーマンが、隣を通り過ぎた。それは正面から見ると太っていたが、通り過ぎざまに横から見ると、厚みのないペラペラの身体をしていた。両目でもう一度見ると、単に太っているだけだった。

はしゃいだ声で誰かとスマホで会話している少女がいる。会話しながら、その少女の腰の部分だけが、分割し、左右がそれぞれ逆方向に縦回転を開始する。

酒は、飲んでいない。昨日の今日だ、頭蓋骨に穴を開けられた状態では飲みたくない。

そしてここまで悪酔いをした経験は、名越進にはない。これはもう酩酊《めいてい》ではなく、違法ドラッグの類いがもたらす幻覚だった。

震える手で右目を隠したまま、街を見る。

それは端正なリアリズムの絵が突然、極彩色のシュルレアリスムに変化したような光景だった。それはフェルメールの『レースを編む女』がダリの『セックスアピールの亡霊』に突然、入れ替わったような凄《すさ》まじい変化だ。

街の風景に変化はない。人間だけだ。異形の人間が紛れ込んでいる。

チェーンでグルグル巻きの女。

頭に胎児を乗せた女。

顔の一部がモザイク崩れした女。

大量のサングラスに全身を囲まれている男。

全身が縦半分に切断された男。

若い女をキャッチするコンセントだらけの男。

倒立前転しながら前進する男。

脚と腕が逆の逆立ち男。

異形の姿となった人々が通りを歩いている。

叫び出さなかったのは、それらがどこかユーモラスで、カートゥーンアニメのようにも思えたからだった。直接的、反射的な恐怖はないが、それだけに、どういうことなのか、何を見ているのかと考え、何度も、右手を離して両目で見、右目を閉じて左目で世界を見るのを繰り返してしまう。

何度やったって何が何だか、分からない。

「……何だよこれ……」

困惑したまま、後ずさる。うちのめされたように、無造作に、よろめくように後ずさってしまった。この雑踏の中で、何の確認もせずにそんな動きをすれば、誰にぶつかったっておかしくはない。

誰かにぶつかってしまい、名越進は慌てて振り返って謝ろうとした。

ぶつかったぐらいの話だ、相手が誰であろうと、頭を下げれば大ごとにもならない。こんな雑踏の中で、挙動不審な動きをしている自分が悪いという自覚だってある。そもそも、身体が当たったりしたらまず自分が謝って身を引いておくのは染み込んだ常識のようなものだ。

「あ、すいませ……」

名越進の常識が音を立てて派手に砕け散った。

振り返ると、そこには古いロボットアニメに出てきそうな超合金風のロボットが立っている。見た事があるようなないような、いかついデザインで、その癖、カラーリングが原色調という、洗練されていない古びた感じがいかにも「超合金」という感じで前面に押し出されている。

振り返ってみればそんなものにぶつかっていたのだ。単純に驚いて、身の処し方など忘れ去り、名越進はまるで自分が被害者であるかのように、そのロボットを突き飛ばしてしまっていた。

両手で突き飛ばした。右目から手が離れ、両目で物を見た。

相手は超合金ロボではなく、この繁華街で最も関わってはいけないスーツ姿の男だった。ロボットみたいな押し出しのスーツを着ている相手だ。さっきのぺらぺらサラリーマンとは訳が違う。この赤いマフラーを見ろというのだ。

突き飛ばされた相手は、下の者を何人か連れ歩いていて、路面に尻餅などついてはいけない類いの職業であることはよく分かった。怒鳴ってきたのも、本人ではなく周囲の人間だ。先に出る下の人間を常に配置している。

端的に言ってヤクザで、ついでに言えばみんな「オヤジ」と呼んでいた。完全に、組の長と考えて間違いない相手を突き飛ばしてしまったのだ。

「おーいっ！　おいっコラァッ！」

謝る間もなく胸ぐらを摑《つか》まれる。その怒鳴り方こそ、ルーチンワークそのものだった。人にぶつかったら謝るのではなく、怒鳴るという動きが常識として染みついている。名越進に出来ることと言ったら、すみません、すみませんと謝り続けることぐらいだが、どこで落とし所にするかという余裕が、今の名越進にはない。

余裕はないが、好奇心だけはあった。

オヤジ、恐らく組長という単語にルビを打たれてそう呼ばれているだろう相手を、名越進は好奇心だけから、右目を瞑って、左目だけで見た。どんなにヤクザに絡まれようと、所詮、ヤクザだ。腰が縦回転している少女だの、頭に胎児を乗せた女だのに比べたら、平凡極まりない、よく知っているとさえ言える相手だった。

それを左目だけで見てみれば、やはりロボットに見える。子供を相手に売るために、商品化されたデザインの、超合金ロボといった姿にしか見えない。

「……何、ウィンクなんかしてやがんだ、この野郎！」

「いや、違うんですよこれは……」

「何が違うだ、この野郎、さっきからふざけやがって」

何が違うのかを名越進は説明出来ない。この景色を誰とも共有出来ない。だから無難な落とし所など発生しない。周囲の目を一応、気にしてか、組長以下、ヤクザの数人は、名越進を路地裏へと引きずり込んだ。周囲に見せるべき対応はもう見せている。ここから先は、周囲に見られてはならない対応になる。

何発か殴られるだろうか。それとも、周囲にアピールしたかっただけで、少しばかり脅されて解放されるだろうか。殴られるかもしれないと思うと、途端に、額の穴が気になった。頭を殴られたら、そこから割れてしまったりは、しないだろうか。

無茶はしないだろう、と名越進は思っている。昨今のヤクザに無茶は出来ないと、分かっている。何故なら、そういう連中とも関わり合いが、かってあったからだ。何処の組かは知らないが、もっと上の方と仕事の上で、関わり合いがあった。みんな、紳士だった。アウトローほど紳士たろうとするのだ。ましてや、組長ともなれば、だ。

組長が組員の方も見ずに手を差し出している。その手に、短刀が渡されている。ドスだ。躊躇いもなく鞘走《さやばし》らせ、名越進を威圧してくる。

信じられなかった。何をする心算なのか、道ばたでぶつかったくらいで。

流石に、組員が一度だけ制止に入った。

「オヤジ、こいつは素人《しろうと》です……もし警察にでもタレ込まれたら……」

「あん？　……関係ねぇよ」

関係ないで済まされるわけがなかった。名越進がこのあと、怪我を病院で看て貰っただけで、ヤクザの組の一つや二つは簡単に吹き飛んでしまう。そういうご時世なのだ。そもそもドスなど持ち歩いている時点で、おかしいのだ。

名越進もおかしいかもしれないが、このヤクザたちも充分におかしい。

関係ないと断言された途端に、全員が止めるどころか、乗ってきた。名越進が動けないように二人がかりで拘束する。そこまでしなくても、抵抗する力などないのは分かっているはずだった。これから始まる組長の作業を、邪魔しないように、押さえつけているのだ。

具体的には、名越進の左腕を固定し、手を開かせていた。

組長は、その左手小指に、ドスの刃を立てようとしている。切れ味のいい刃物は、少し触れただけで小指の皮膚を裂き、鋭い痛みが走り抜ける。痛みよりも何よりも、こんな真似を平然と出来る組長と、止めるどころか付き従って協力する組員の姿に、名越進は恐怖を覚えた。それは、右目を隠してから見る狂気の世界とは違う、恐怖だ。現実と地続きの恐怖。

「小指詰めたらぁ」

「いや……待ってください、ちょっと待ってください」

そんな制止の言葉など全く聞こえていない。

「おい、こいつで何本目だ？」

「七十七本目です」

正気じゃない会話をしていた。現実に確かに存在する人間の会話とは思えなかった。身内の中で不始末を起こしたのならまだ分かる。道ばたでぶつかって、ちょっと粗相をしたような相手に、何をしているんだと思う。普通は、金だろう。こんなことをしたって身の破滅だ。

金ならある。そう言って三十万を突っ返した自分を、思い出した。

金など、欲しくないのかもしれない。では、なんだ？　この組長は何が欲しくて、こんな真似をしている？　ただの暴力衝動やサディズムだろうか。それは分かりやすいが、分かりやすいだけに嘘くさかった。

破滅的な人間には、二種類あると名越進は知っている。そういう人間を山ほど見てきた。

何をどうしても破滅してしまう人間と、一刻も早く破滅したいと思っている人間だ。

組長は後者だろう。そして後者は、前者とは比べものにならないぐらい厄介だ。他殺志願者なのだ。自分をすり潰せる相手や出来事に巡り合わない限り暴走を続けていく。そして最も厄介な理由が、そういう人間に限って、なかなか破滅しないことだ。チンピラで終わらず、組長まで上り詰めているのが、その証拠だ。

そしてそこまで行ってもまだ、やめない。素人の指まで切ろうとしているのだ。

超合金ロボのような、組長の姿が見える。

名越進は無意識に、拘束されていなかった右手で、自分の右目を覆っていた。左目だけで、組長の姿を見ていた。そこにある異常な光景を見つめていた。そしてそれは異常ではあっても、さっきまでの恐怖とは切り離されていた。

超合金ロボと化した組長は、ひとつも怖くはなくなっていた。ドスも持っていない。右手からは鎌のような形をした、歪な刃物が伸びている。その鎌は、名越進の小指ではなく、組長自身の左小指に当てられている。

ぎしぎしと小刻みに、鎌は前後に動いている。切れ味は、本来手にしていたドスとは違い鈍そうで、小指は切れるどころか血が滲むていどだったが、却《かえ》って痛々しい様子に思えた。

「え……、ちょっと待って、ダメだよ……何やってんの…それ自分の指だろ」

自然な口調で話していた。超合金ロボ相手に敬語を使う気はない。

自分の指を傷付けようとしているのを止める口調は、むしろ優しげで、さっきまで自分の指を切り落とされそうになっていた人間の言葉とは思えなかった。それはもはや組の長ではなく、オモチャで遊んでいる子供が粗相をしたようにしか見えない。

「あっ、その……鎌みたいなやつ、離しなよ……なっ？　なっ？」

だから子供を諭すような口調になっていた。今、名越進には他殺志願者の組長など認知されていない。相手は子供なのだ。

その口調に苛立ったのか、誰かが名越進の右手をも拘束する。再び、そこには現実にいる、組長と組員たちが両目に映っていたが、もうドスは、小指を落とそうとはしていなかった。

組長は自分の、左小指を見ている。みんな、見ていた。

その小指が、びくびくと痙攣《けいれん》している。

「……鎌?」

「ああ、ああ、そう、そう、その……鎌だよ!」

そう名越進が声を掛けると、今度は組長の右手全体までもが痙攣し始めた。小指だけが震えている左手で、組長は右手の動きを抑え込もうとするが、暴走するような痙攣は全く止まる気配がない。

「お……てめぇ、オヤジに何を……!」

組員の一人が動揺を声に乗せていた。右手の拘束が外れ、再び、名越進は右目を隠す。

組長は超合金ロボと化す。こちらに刃物すら向けていない。鎌で、自分の小指を必死になって傷付けようとしているような姿は、子供の自傷行為にしか見えず、まともな大人ならまず、止める。名越進もやはりそうした。

「いやぁ、だから、やめろって！　落ち着いて、自分を傷付けちゃダメだよ！」

それはしかし、傍《はた》から見れば、組長に向かって馴れ馴れしく、何処か上から目線で話しかけている失礼な姿に過ぎない。周囲の組員たちは色めき立って胸ぐらを摑みあげ、拘束というより痛めつける目的で群がってくる。

右目を隠した名越進にとって、そんな現実はどうだってよかった。

ただじっと、組長を見ていた。それはどこか、実験の結果を見届けるような、好奇心の混じった視線だった。そういう視線を、伊藤学には常に向けられている。そして名越進は、そういう視線を他人に向けている。

何かが起きると名越進は確信していたが、無論、理屈は分かっていない。超感覚的知覚を説明出来る言葉を名越進は持たない。そんなもの伊藤学だって持っているかどうか怪しい。

組員たちは、自分たちの組長を一斉に見ていた。名越進だって見ている。組長はその両目から、玉のような涙を流し始めていた。何故、泣いているのか、分からないという顔を組長はしている。それは子供が叱られて、相手に「泣くな」と怒鳴られて、初めて自分が泣いていたのだと気付いたような、そんな顔だ。

「……なんだこりゃ？」

組長は混乱している。組員たちだって混乱している。

「オヤジ」

「来るな！」

「どうしたんすか？」

「オヤジ、どうしたんすか？」

「来るなっつってんだろうコラァ！」

全員に怒鳴りつけて、ほぼ走るように組長は去っていく。どう見たって、「逃げ去っていく」としか表現出来ない仕草だった。組長は間違いなく、今、名越進から逃げている。周囲の組員が、名越進を突き上げてくる。何をした？　と問詰《もんきつ》にする。

何もしていていない。名越進は、ただ、見ただけだ。

言っても仕方ないから何も言わなかった。説明出来る言葉を名越進は持ち合わせていない。黙り込んでいる名越進を放置して、組員たちは、走り去ってしまった組長を追いかけていく。一人残らず、いなくなった。

呆然とした顔をして、名越進は、両方の目でヤクザたちを見送っていた。

三日目

一

伊藤学のマンションの一室、不気味な写真や記事が大量に鋲《びょう》で留められたその部屋に、名越進は座っている。伊藤学はそこを書斎と呼んでいる。繁華街で起きた一件を告げても、まだ返事はない。タブレットで資料のようなものを眺めてばかりだったが、伊藤学の顔は紅潮し、仕草には落ち着きがなかった。

興奮しているのは傍目にも明らかだ。

テーブルの上には、昨夜、名越進が見た異形の人間たちを、思い出せる限りでスケッチした紙が散乱している。絵は巧《うま》くはないが、どういうものが見えたのかを伝えるには充分だった。それは自分で描いておきながら、信じられないという絵でもある。

何かしら、理由があって、根拠や理論があって見えているのだろうかと名越進は何度も考えた。幻覚で妄想であると片付けるには、あのロボ組長の挙動がおかしかった。それは名越進の対応と言葉に動揺したようにも見えたが、何故なのかは何度考えても分からない。

そんなものが見えるようになった理由がトレパネーションであるとするなら、やはりあの手術は、脳に何かしらの影響を与えているのかもしれない。それがたとえ精神に異常を来すという意味であっても。頭蓋骨に穴など開けたからおかしくなってしまったのだというのが、非常に無難な解釈だったし、無自覚な虚言であるかもしれない。

虚言癖はメジャーな精神の歪みであるが、嘘だと認識しつつ他人を騙《だま》そうとしているのならまだ軽い方だ。吐いた嘘を自分でも本当だと信じている。そうなると、まずい。

そして名越進は、嘘など吐いている自覚は一切ない。ただただ体験を報告している。

伊藤学はそれをどう判断するだろうか。

「……信じるか？」

「……信じるところから始めましょう」

「お前ふざけてないか」

「いやっ凄いことですよ！　黙ってましたけど、海外でトレパネーションによって第六感を感じた人は三十六％、何も感じなかった人の方が多いんですよ！」

それを先に言え、と名越進は納得がいかない。九割方、何かが起きるものだとばかり、思い込んでいたようなところがある。

「お前、他にも黙ってること……」

「いやぁ名越さん！　……どうですか、僕はどう見えてますか？」

「はあ？　そんなことよりお前、質問に……」

「いいじゃないですかそんなこと！　早く見てくださいよ」

はしゃいだように言われると、調子が狂う。まあいいかと、右目を覆い隠す。

左目が見る世界の法則性を、名越進は何も分かっていない。何故、相手がそんな形で見えてしまうのか、例えばヤクザの組長が、超合金ロボとしか見えない姿になったこと、それ以前にも、あの繁華街に行き交う人々の約半数近くが、異形の姿に映るのは何故か、それが分かっていない。

に、しても、これはちょっと顔をしかめてしまう。

おかしいなと思うていどには、おかしい。

何も見えなかったからだ。伊藤学の姿形が変化しない、というのなら、まだ納得した。右目を覆い隠し、左目だけで見ると、何も見えなくなってしまう。伊藤学の姿が、透明になってしまうのだ。よく見れば、やや、存在を主張するかのように、空間が歪んでいるような気がするが、はっきりとそうとは断言出来ない。

「……何も見えない。透明だ」

「見えないって、変わってないってことじゃなく、消えてなくなってるってことですか？　本当に？」

「本当だよ、嘘吐いてどうなる？　それに信じるところから始めんだろ？」

名越進は嫌味っぽく、自分の左口角を指で動かしてみせる。嘘か本当か考えてみろと言いたげな挑発行為に、伊藤学の、はしゃいでいたような顔がみるみる醒《さ》めていく。

「……」

「何だよ？」

「まあ、僕はホムンクルスを持たない側、この際、いいです。それより、名越さんが昨日から触れているその現象、それについての、僕の意見を聞いていただいても、いいですか？」

タブレットを翳《かざ》し、その画面を見せてくる。

「これを見てピンと来たんです」

タブレットの液晶を覗き込むと、異様なイラストが表示されていた。

古めかしい、中世のタッチを思わせる鉛筆画と思わしきその絵は、小人の絵であった。ただ、手と頭が極端に大きく、顔の造作、ことに唇などが際だって目立つようにデフォルメされている。異様であり、不気味であった。

名越進が見た人々の歪さに、確かに似ている。

「なんだそれ？」

「ホムンクルスです」

「……ホムンクルス？」

「ええ、一般的には錬金術による人造人間という意味で使われるんですが、脳神経外科のペンフィールドは『脳の中の小人』としてホムンクルスを使っていました」

「手と唇の部分がやたらでかいな」

「僕たちは生まれてから、何かを強く感じたいと思ったときに手と口を使いますよね。セックスなんてのが一番いい例です」

何がセックスだ、と思ったが聞き流した。そんなことを気にしている場合じゃない。

名越進が昨日見た光景の、何らかの説明になっているのだろう。それが伊藤学の決めつけであろうと聞く価値はある。名越進には決めつけすら出来ないのだ。

もう一度ホムンクルスの絵を見る。

何かを強く感じたいと思ったときに、手と口を使う。それだけだろうか。それは目や耳、鼻でもいいのではないか。それらに序列があり、手と口が最も感じ取れるというのだとしても、それは『受け取る』ためのパッシブな代物だ。言ってしまえば、誰をどう見たって、ホムンクルスはこう見える。ペンフィールドは腰が回転している女や、真っ二つになって歩いているサラリーマンを描くだろうか。

「……いやでも、俺が見た化け物とは随分違う」

「例えば、よく『自分は薄っぺらい人間だ』っていう表現がありますよね。このおっさんなんてまさにそれです」

名越進の描いたイラストをデータで取り込んである。そのうちの一枚「ペラペラのサラリーマン」を伊藤学が表示する。そんな言葉遊びでいいのか、と名越進は戸惑ったし、素直に受け入れたくもなかった。

「……いや、まあまあデブだったぜ」

「外見じゃありませんよ、肝心なのは本人が抱えてる『心の歪み』、それが厄介なんです」

「いやあ、中身が薄っぺらいからって幾ら何でも安直過ぎだろ？」

「解釈の一つです。本人が強く抱えている〝自分のイメージ〟なんじゃないかと」

本人が抱えている、自分のイメージ。

それが、分割した腰を回転させている女であったり、頭に胎児を乗せた姿であったり、全身が縦半分に切断された男であったりするのだろうか。自分の事を心の何処かで、そう思っている。それを、名越進は知覚出来る。超感覚的知覚によって。

そんな話なのだろうか。

だが例えば、シュルレアリスムという画法はそういう一面がある。一見、頭がおかしくなったかのような絵画は、『思考の書き取り』という考え方によって描かれている。何の意味もなく歪ませているわけではないのだ。そこには、理由がある。

つまり、伊藤学の示したペンフィールドのホムンクルスのように『感じ取る』ためではなく、むしろ自己主張に近いのではないか。

「……名越さんが見たホムンクルスはみんながみんな、単純な姿形ばかりではなかったですよね？　要は手術で活性化された名越さんの脳が、人の心の深層に沈んでいる歪みを視覚化しているんじゃないかと」

人に受けとめられたくない、感じ取られて欲しくない自己主張。

矛盾しているようだが、似合う言葉はある。

「……要は、トラウマか」

「そう！　それです！　それです！　トラウマは過去の感情や記憶から作られます。それがあなたには見えるんです！」

「じゃ、じゃあ何で、……ホムンクルスが見える奴と見えない奴がいる？」

「それはこれから分かることです。仮説と検証の繰り返し。それが実験です」

「……そんなの一週間でホント終わるのかよ……俺、一生バケモン見ながら生きるなんてごめんだよ」

「ノリ悪いなぁ～、あなたには今凄いことが起きてるんですよ！　人の心の歪みが見えてるんですよ！　羨ましいなぁ～……そうだ、決めた！」

伊藤学は興奮を隠さなくなり、突然、手を打って立ち上がった。

「さっそくですけど、今からその能力を試しに出かけましょう。いい場所を思いつきました」

「いい場所……？」

何処なんだと思ったが、しばらく調子に乗せて置いた方が、話が楽だとも思った。

いいように振りまわされているのは癪《しゃく》だったが、名越進ではどんな場所が、今この状況で『いい場所』なのかすら見当がつかなかった。

二

「……で、これがいい場所か？」

「ええ、いい場所だと思いますよ、最適です」

「ＪＫ見学クラブがか？　自称・女子高生がか？」

名越進は壁を見る。壁にはチラシが貼ってある。なんとはなしに、それを読む。

【オレ好みのカノジョに　出会える見学クラブ　コスっちゃお　制服コスプレ　やっぱりパンチラが好き　¥4000（40分）】と書かれた正気とは思えない店のチラシ。

こういう店に嫌悪感があるわけではない。ただ、この風俗なのかなんなのかの淡い境界線でこすっからくやっているという営業形態が気に入らなかった。

見学クラブというだけあって、基本的には『見る』だけだ。性的なサービスは勿論、店外に誘うことも出来ない。女子高生と称した女たちが、だらだらとしているのを眺めるだけ。

「……マジもんのＪＫがいるというウワサの優良店ですよ、ここは」

面白そうに伊藤学が言うのも、気に入らない。いるからなんだというのだ。いたら何故、優良店なのだ。絡みそうになる。女子高生が働いているソープだヘルスだキャバクラだ、そんなものなら、どうでもいい。

これがいい場所なのか、本当に。

「……なんなんだよ、見学クラブってのは。気持ち悪い」

「ま、言ってみれば現代の見世物小屋ってとこですかね」

それはひどく悪趣味な表現に聞こえた。

ここは厳密に言えば、水商売でも風俗でもない。ただそこに、女性がいる。それをマジックミラー越しに眺める。これで服でも脱いでいくというならまだしも、ただ寝そべっているだけだ。精々、下着が見えている程度の露出しかない。マジックミラーに囲まれた部屋の中の女子高生と思《おぼ》しき女たちはスマホ片手にお菓子を食べたり、漫画を読んだりしながら、くつろいでいる。

それを見る。見せられている。10分につき1000円だ。

これだけだ。

自尊心に罅《ひび》が入ってくる。女子高生たちの自尊心には入らないのだろうか。それとも金が貰えれば、構わないのだろうか。靴下に四桁の番号が刻まれ、その番号で指定すれば、こちらもミラー越しだが個室を使って個別に『見る』ことも出来る。どこまで行っても、見るだけだ。

そのシステムは、見世物小屋と言っても差し支えはない。

伊藤学は、そんな風に冷笑気味には言うものの、乗り気な様子だった。ミラーの向こうにいる女子高生を見定める目は、実験以上の胡乱《うろん》な好奇心が微かに混ざっている。

新しい子が入室したとき、嬉しそうな顔をする。油断すると、感情をすぐ表に出してしまうタイプのようだった。素が出る、の方が正確かもしれない。

名越進もその子を見た。確かに、レベルが高い美少女だったが、この店に馴染《なじ》んでしまっているようにも見えた。居心地が悪そうな風でもない。入って来てすぐに、手慣れた様子で、部屋の奥にある黒板に『1775　よろしく』と書き込んでいる。

「伊藤……ああいう化け物が好みか？」

「え？　何処がですか、化け物って？　名越さんの好みは、そりゃ知りませんけど」

反論しようとした伊藤学は言葉を止め、目の前に屯《たむろ》している女子高生、ことに『1775』のことを忘れかけた。

名越進は右目を右手で塞いでいる。

左目で、1775を見据えている。

「……当たりだ。ありゃ、砂の化け物だよ」

さらさらとした砂丘や砂漠の砂ではない。湿って黒い、公園の砂場にあるような砂が人間の形に積み上がっている。服や髪、唇が砂で形作られ、そのくせ、眼窩《がんか》には目玉がなく暗く窪《くぼ》んでいた。全身の端々から、その砂がぽろぽろと落ちてはまた吸い付いていく。

それが、伊藤学が食いついた美少女、1775の、名越進に見えた姿だった。

店外デートに誘うなどは出来ないから、店を出るのを待って、尾行した。

あんな店だ、そうする客が多いのも、店側は分かっているはずだ。仲介せず黙認している。店の外で勝手にやる分にはご自由に、という形だ。少女たちの側もそれは心得ていて、中には逆に、店を出た途端に向こうから話しかけてきて、それなりの交渉を始める者までいるという。ただのお食事から、最終的には売買春まで。

1775は店外活動はしないようだった。自分を見せて、小銭を稼いできたという雰囲気もなく、ただ街を歩いている女子高生そのものだった。

カフェに入ったのを確認し、少し時間を置いてから、二人は同じ店へと入る。スイーツをメインにしている店のようで、若者で賑《にぎ》わっていたが、男二人が入ってきても違和感はない店だった。

1775がいる。少し離れたテーブル席に向かい合って座る。背を向けず、お互い、左右をちらりと見れば、1775の姿が目に入る。そういう位置だ。

「……彼女と直接、接触します」

伊藤学がそう切り出した。視線は、少し露骨に1775に向いている。

「何か思い付いたのか？」

「彼女が乾いた砂なら、潤してやればいい」

持って回った言い方に名越進は苦笑する。潤せる自信があるらしい。

そのやり方の見当などすぐにつく。

「……お前、JKとヤリたいだけじゃねえか」

「いや、ホムンクルスとヤリたいんです」

ただの口実にしか聞こえない。

「……クズだな」

罵倒を無視して伊藤学は立ち上がる。さも、今、見かけたという素振りで、迷いもなく1775の元に向かい、こんにちはと声をかけると返事も待たずに、1775の向かいに座っていた。

その度胸にだけは、感服する。どういう勝ち筋があったら、そこまで無造作になれるのか判断がつかない。自信の塊だ。だが、得てしてそういう人間、根拠のない自信に満ちあふれて堂々としている方が、意外と上手くいったりする。努力して丁寧にアプローチするよりも、ハッタリだけで通過してしまうタイプなのかもしれない。

拒絶されるでもなく、1775と伊藤学は、世間話程度だが会話を続けていた。噛み合ったらしい。偶然かもしれないが、やるものだと素直に感心する。

一人になった名越進は、そっと右手を持ち上げ、右目を覆い隠した。名越進の左目が、1775と伊藤学の二人を見る。

「……？」

伊藤学は、相変わらず透明なままだ。だが1775は、何の変化もない。店内で見た『砂の怪物』の姿はそこになく、1775は女子高生そのものでしかなかった。どういうことだと、しばらく観察していた。

伊藤学が言うところの『ホムンクルス』。

組長は、右目を隠すたびに超合金ロボの姿になっていた。1775は、今は砂の怪物には見えていない。それは場合によって見えたり、見えなかったりするのだろうか。考え込んでいる間も、二人は会話をぽつぽつと続けている。話し続けて盛り上がっているというのではなかった。お互いに出方を窺《うかが》うような、相手の隙はどこかを探り合うような、静かな攻防に思える。

1775が、不意に手を伸ばし、伊藤学の手を握る。

先手を取った瞬間、伊藤学が動揺したのが見て取れた。名越進の左目に映ったのは、床から湧き上がるような大きな水泡と、それが形作る透明な人体。

透明人間というよりも、人の形をした水槽のようだった。

伊藤学のホムンクルスだ。1775に後れを取って動揺し、その正体をより具体的に現していた。そちらに気を取られるひまもなく、今度はテーブルの下、1775の足下が歪み始める。つま先からさらさらと砂の形に崩れ始め、しかもその砂は一つ一つが小さく蠢動《しゅんどう》し、不規則に動き回っている。食べ物に引き寄せられる小虫のように、伊藤学の透明な足下にいくつも飛びつき、それらはすぐに束になって流れ込み、侵食していく。

「……ホムンクルス同士のせめぎ合いだな」

呟《つぶや》く名越進の、左口角が我知らず痙攣していた。誰とも会話をしていない。誰にも見られていないというのに『嘘を吐くときの癖』が出ている。それに名越進は、気がついていない。食い入るように、水と砂、ホムンクルス二体が絡み合う様を見つめていた。

砂が水を締め上げている。断末魔のように水泡が幾つも生じては消えていく。砂になっているのは足下だけだ。生身のままの顔を、1775は、透明な伊藤学の顔に近づけていく。何か囁《ささや》きかけていた。ほんの一言、何かを告げた瞬間、一際大きな水泡が生じ、そして砂は1775の肉体に戻り、元の姿を取り戻している。とどめを刺さなかった、そんな風に見える。

1775はそのまま立ち上がって、伊藤学を完全に放置して、店から出ていく。この攻防を見ていたのは名越進だけで、店内の誰も気にしてはいない。右目から手を離し、一人取り残されている伊藤学へと、そっと駆け寄っていく。

近づいて、ぞっとした。

両の目で見る、実体の伊藤学は、顔や手一面に、小さな赤い斑点《はんてん》を、湿疹状《しっしんじょう》に浮き上がらせている。疫病に冒されたような外見になっていた。

「おい、大丈夫か？」

「……残念ながら、逃げられちゃいました」

「いや、そうじゃなくて、その顔……」

自分の異常に全く気がついていないようだった。そしてその不気味な斑点は、両目で見える斑点だ。恐らく、誰に見せても見える現実の光景なのだ。あの、1775との攻防で傷を受けたかのようにすら思える。

そういうこともあり得るのだろうか。

ホムンクルス同士が絡み合った結果、互いの生身に変化をもたらすようなことが。

伊藤学は何も気付いていないという風に、きょとんとした顔をしている。

「顔？　……あっ！　そうだ！」

顔のことなど、どうでもいいという風に、伊藤学はポケットをまさぐる。少し、わざとらしい気もした。本当は湿疹のように浮かんでいる斑点に、自覚があるのを誤魔化《ごまか》しているような仕草だった。問い詰める前に、ポケットから取り出したスマートフォンを、名越進に手渡してくる。

「あぁっ、これ、戦利品です。彼女のスマホ」

「お前パクってたのか？」

あの攻防の中で、1775がホムンクルスとして攻めたとしたのなら、伊藤学のそれは生身での攻め手と言えた。かたや不気味な斑点を負い、かたや、スマートフォンを盗まれている。そしてそのスマートフォンを、伊藤学が手渡してくる。こちらに、押しつけてくる。

「これ、名越さんが持っといてください。何かあったら、報《ほう》・連《れん》・相《そう》、お願いしますね」

余裕を取り繕っていたが、息も絶え絶えとも思える。今、左目で見たら、溺《おぼ》れる人間のような水泡が次々と湧いているのではないか。

だが伊藤学は、それでも一応の平静さは崩していない。

名越進と別れるまで、その平静さはずっと続いていた。

だが、別れて一人になると、伊藤学はすぐに呼吸を乱し始めた。自室に帰るのにもタクシーを使い、後部座席で唸《うな》るような声を上げ、だらしなく、床に滑り落ちそうな姿勢で座っていた。深呼吸を何度も繰り返し、何とか降車して、マンションの一室に辿《たど》り着き、そして書斎で限界を迎え蹲る。

当然、彼は自らの斑点にも気がついている。あの場でその話をしたくなかっただけだ。

蹲ったまま深呼吸を繰り返す。

1775の声が反響する。

「……震えてるじゃん」

震えてなどいなかった。それなのに、確かに震えた。呼吸が、出来なくなった。

「ねぇ、何をそんなに怖がってるの？」

怖がってなどいなかった。それなのに、伊藤学はあの瞬間、確かに恐怖した。

「もしかして……童貞？」

そんな単純な当てこすりが、何よりも突き刺さった。何故だ、と自問しても、分からない。全てが1775の思うがままに形作られ、そこに自らが流し込まれているような錯覚と息苦しさ。言うなればカタに嵌められている。

結論から言うなら、伊藤学はあの場で名越進の意見を聞くべきだった。

ホムンクルス同士の攻防と侵食について教えて貰えただろう。だが、あのときの伊藤学は、名越進にさえ言えなかった。自分は童貞などではないと抗《あらが》う姿を見せたくなかった。実際にそうなのだが、それすら自信が持てなくなる。自分の形があやふやになってしまっていた。

呻《うめ》きながら、伊藤学は立ち上がり、クローゼットの鏡を見た。

自分の顔中に浮かび上がっている斑点を目視する。顔に浮かんだ斑点を、斑点の浮いた手でなぞる。

もしかして童貞？

その言葉だけが何度も胸を突き刺してきて、そのたびに斑点が明滅するように、場所を変えて増減を繰り返している。そんな言葉にショックを受けるはずもないのに、心の一番柔らかな部分を突き刺された錯覚があり、錯覚はすぐに実態となる。

抵抗する方法を考える。息も絶え絶えの中、伊藤学は、ウィッグを外して放り投げる。黒髪が現れた。全身を飾る派手なシルバーアクセサリーも外していく。自分を飾り立てていたものを一つずつ外していくと、そのたびに呼吸が楽になっていく。

かけられた呪いを依代《よりしろ》を捨てて砕いていくような、そんな感覚。

服を着替えた。尖ったところのない、地味な服だった。

眼鏡もかけた。気取ったところのない、実用本位の眼鏡だ。

そのたびに斑点は少なくなり、呼吸も落ち着いていった。やがて、病院の職員パスの写真と全く同じ伊藤学がそこに立っていて、斑点は全て、消えてなくなっていた。

三

名越進は狭いキャロルの車内で夜を過ごしていた。

目的もなくドライブに出かけ、また同じ場所に戻ってきて胎児のように眠る、その決められたようなルーチンをなぞろうとしていたが、エンジンをかけてハンドルを握った瞬間に着信音が鳴り、儀式を邪魔されたという苛立ちが湧き立った。

着信音を鳴らすのは、伊藤学以外にはいない。

昼間、様子がおかしいままに別れたが、もうすっかり平静を取り戻しているのだろうか。それとも更に混乱しているのか。あの、赤い斑点は一体何だったのか、何か訊けば今なら答えてくれるだろうか。

スマートフォンを取り出したが、画面には何の通知もない。

それなのに通知音はまだ続いている。返事をしろと何度も部屋のドアをノックされているようなやかましさになってきた。ダッシュボードの上に放り投げてあった、もう一つのスマートフォンから聞こえてくる。

1775から、伊藤学が盗み取った端末から聞こえる着信音だった。

次々と通知されるのはLINEのメッセージだ。短いものならロック画面からでも見られるが、長いものは読めないし、そもそも通知が重なりすぎて、全く追いかけられない。

「今どこ?」

「今どこにいるの?」

「遅くなるなら連絡しなさい」

「どうして携帯出ないの?」

その辺りはぎりぎり、読める。語尾が途切れていても内容は分かる。既読にしなくたって読み取れる。短文が次々と通知されてくる。

『お母さん』からの通知だった。その名前で登録されている。

「勉強は?」

「テスト前なのよ」

「どこ?」

「どこにいるの?」

「連絡!!」

感情のままに文章が放たれている。長文で送らずに、短文でそれぞれを分割しているのは、つまり「連打されるノック」に等しい。騒がしく騒々しく何度も叩くことに意味がある。なんだったら、こちらは返事をしなくたって構わないのだ。中にいるのは知っている。

スマートフォンの端末は必ず身に着けているという常識や思い込みが、通知を連打するという無駄な仕草に意味を付与している。聞いているだろう、聞こえているだろう、早く返事をしろ、出ろ、という威圧そのものだ。

我が子を心配しているのだろう。それを口実にノックを繰り返している。

さぞかし気持ちがいいだろうなと、名越進は思った。自分にも、娘や息子がいたら、こんなことをしていただろうか。してしまっていただろうか。益体もない想像のように思えて、これ以上そんなことを考えたって仕方ないと気持ちを切り替えて、この騒々しい通知の山をどうにかすることの方を考える。

電源を切る。最も簡単だが、消極的に過ぎる。何も他に打つ手がないというのなら別だが、試してみたい手があった。酷く単純で安易な手だ。

ロック画面解除の方法は指紋認証とパターン形式、そしてパスワードの三種類だが、四文字を打ちこむパスワード認証が設定されていた。「1775」と入力する。

そんな単純なやり方に説得力を覚えたのは、あの「見世物小屋」にいた少女たちの番号には、何の繋がりもなかったからだ。1775がいれば、2337がいて、4556もいた。何千人という登録者があの店にいるわけがない。

あの数字は、よほど被っているのでなければ、任意の数字だろうと思う。根拠があるとしたらそこだけで、間違っていたって一発で沈黙はしないが、これでなければ、他にない。だめなら、諦めて電源を落として忘れるだけだ。

あっさりとロックは解除された。

そのことに特に感慨はなかった。だろうな、と醒めた顔で受けとめただけだ。LINEの通知を読もうとして、やめる。読んでしまうと面倒が重なるし、苛ついて通話をされても、やはり困る。そもそも、煩わしい通知音をなんとかしたくて、いじり始めた端末だった。それでは本末転倒だ。

通知を無視して、中身を調べ始める。

暇つぶしだった。特に興味はない。Ｉｎｓｔａｇｒａｍなど覗いてみると、友達とのショットや、街の風景、食べ物、看板、ぬいぐるみ、他愛もないとしかいいようのない画像が羅列されている。こんなものに興味を持てと言われたって、困る。

本名のもじりの後ろに、恐らくは生年の西暦。ごく普通の平凡なアカウントだ。

「……うん？」

アカウントに通知の赤い点がある。覗いてみても、消えない。

名前をタップすると、もう一つ、違う名前が出てくる。

サブアカウントからの通知だった。そちらには『1775』の数字が組み込まれてある。誰もが無差別に覗けるようにはなっていない。「鍵」がかけられている。

だがこの端末からならば好きなだけ見られる。本人として認証されている。

興味があって覗いたというより、手癖でいじくり回しているうちに辿り着いたようなもので、投稿されている画像も流すように見ていたが、すぐにスクロールさせる指が止まる。

生々しく痛々しい画像がそこには並んでいた。

血の入った小さなコップ、鮪《まぐろ》の頭部、丈の短い自撮りスカートの足、モグラの死体、舌を出した唇のアップ、前髪で覆った左側の目元、血の付いたカッターの刃先。

典型的とすら言える、寒々しい思春期の発露を見て、名越進は天を仰ぐような呻き声が出た。

「おい、勘弁してくれよ……」

共感性羞恥《しゅうち》が心に爪を立ててくる。かといって見るのもやめられない。

踵《かかと》に無数の傷痕、その中の新しい傷から流れる血。

添えられたポエムの文面を、うっかり読み上げてしまう。

「アナタとひとつになると……すべてが本物になる。アナタとひとつになると……ワタシがひとつになる……」

血の沁《し》みた白い靴下、血を舐《な》めた唇。

早くひとつになりたい。

「なんなんだよ、気持ち悪ぃなあ！」

情のかけらも示さず、そう切り捨てた。不機嫌ですらあった。見たくないものを見てしまったという身勝手な後悔がある。

端末を放り投げ、ドライブにでも出ようと思った矢先に、外からウィンドウをノックされた。

顔を上げて視線を向ける。誰かが、車の中を覗き込んでいる。

「おい、探したぞ、この野郎」

そう鋭く怒鳴ってくる男の顔に、ぼんやりと見覚えがある。あの、超合金ロボの下にいる組員だ。だが、どうやってここにいると分かったのか。探せたのか。

決まっている。体臭だ。世の中の人間を顰めさせる異臭が、名越進の全身から常に放たれている。名越進が自分をどう解釈しどう説明しようと、その体臭に無自覚になっている時点で、彼は充分ホームレスの仲間入りを果たしていた。

新宿近辺でホームレスに絞り込めば、名越進の特長さえ丹念に辿っていけば、見つかってしまうだろう。彼はホームレス仲間に溶け込もうとはしない異物のままだったから、尚更だ。

外から、ドアを、引き剝がすような勢いで開けられた。鍵をかけていなかった。

「ほらっ、一緒に行くぞ、コラァ、おい！」

「ちょっと、ちょっと待って……なんで」

「なんでもいいんだよ、出ろ！」

気持ちが追いつかず必死に抵抗したが、向こうは二人いた。あっさりと、名越進はキャロルの中から引きずり出されていた。

神棚が飾られている。

その真下には墨書で「不言実行」の文字。その下には大型のデスクと革張りのチェア。派手に龍の舞う衝立《ついたて》と、その前には菩薩《ぼさつ》の像。

ヤクザの事務所にいた。昨今、この家具を配置しただけでも罪になるのではないかというほど、分かりやすい『ヤクザの事務所』だった。無難な会社の社長室や会長室と言ったって通じる装飾であるにも拘《かか》わらず、家具の持ついかつさが少しずつ噛み合って、部外者の呼吸を少しずつ不自由にさせていくような圧迫感。

組長は、神棚の真下には座っていなかった。名越進の座るソファの向かい、テーブルを挟んで、同じくソファに座り、いかつい顔をしたまま腕組みをしている。連れて来られて、特に乱暴なことをされるというわけではなかったが、黙ったままこうして向かい合っているだけでも、充分に暴力のうちの一つとして機能している。

組長の口から小さく溜息《ためいき》が漏れた。自分から言いだすのは億劫《おっくう》だが仕方ない、という仕草。相手にまず喋《しゃべ》らせたいだろう。この空間の中で締め上げながら、喋らせて、隙や矛盾をめざとく見つけて揚げ足を取る。そうやって交渉を有利にしていく。

名越進には、別に釈明したいこともなければ、訴えたいこともない。

これは交渉でもなんでもない。ただ、本当に、用事があって組長は呼んだのだ。だから、神棚の下にも座っていない。名越進と同じ目線で話しかけてきている。

「……昨日、俺に何をした？」

何かをしたわけではなかった。

「……その、見えたんです」

「見えた？　……何がだ？」

「……ロボット」

「……ロボット？」

　ふざけた話をしているとは思ったが、一方で、嘘など言っていない自負もある。それに名越進は、本当にあの、超合金ロボが何なのか、知りたいと思っている。それは組長がわざわざ、自分をここに呼んだのと同じような好奇心だろう。

　二人は互いに今、対等なのだ。どちらかがどちらかの頭を押さえ込んでいるわけではない。

「何か心当たりないですか？　その……『小指』や『鎌』に」

　カウンセラーのような口調になってしまった。組長は、考えようともしなかった。

「……まったくねぇな」

「すいません……ちょっと失礼して」

　緊張で手汗をかいた右手を、名越進はそっと自分の右目に当てた。目の前にいる組長の姿を、名越進は左目で見る。組長の姿は、同じように腕組みをしている超合金ロボに変化する。

「おい……お前、何やってんだ？」

怪訝そうな声だったが、やめさせようとはしなかった。組長も、その「右目を隠し左目で見る」という行為に、何かしらの意味が潜んでいるのだと薄々、感づいている。名越進は、あのとき、トラブルの最中でよく観察出来なかった超合金ロボをじっと観察する。1775のときのように、組長のホムンクルスにも何かしらの動きが現れるかもしれない。

伊藤学の顔と手に湿疹状の斑点を浮き上がらせたような、生身に影響するような動き。

あるいは、逆。

ホムンクルスはトラウマの表れだと、伊藤学は仮説した。で、あるならば、生身の人間の持つ感情や記憶が、ホムンクルスに影響を及ぼすことだってあるはずだ。きっとホムンクルスと生身の人間は、相互に影響力を持つ。

名越進は左目で組長を見る。

その超合金ロボの、頭部のパーツが、内側から崩れた。その向こうに何かがいる。

「子供……？」

子供の顔が見える。超合金ロボの頭部は、その下から子供が覆面のように被っている。そんな等身大のスケールで、その癖、子供としか思えない、幼い造作の顔が、いかついロボットの頭部に据えられている。

引っ張られるような動きで無意識にソファから立ち上がり、テーブルを乗りこえ、子供の顔に左手を伸ばす。顔に指先が触れようとした瞬間に、組長が怒鳴り声を上げて、左手を突き出し名越進を突き返す。

ソファまで押し返されて、その一発の威力に苦鳴が漏れる。

「……すみません」

無礼にもほどがあった自分の行動を自覚して謝罪する。が、まだ右目から手は離さない。名越進の左目は、自分を突き飛ばした組長の左手に据えられている。じっと見る。組長は、見られている自身の左手、その小指がカタカタと小刻みに痙攣しているのに気付き、隠すように握りしめた。

「あっ、動かないで」

また名越進は懲りもせず、今度は組長の左手ににじり寄っていく。夢中になっている。他人のホムンクルスを見ようと没頭し、突き飛ばされたことすら忘れてしまっている。

「それ以上、近付くんじゃねえ！」

堪りかねて怒鳴りつけ、組長は懐からドスを抜いた。無礼に堪りかねたのではない。自身に無造作に触れてこようとする名越進の不気味さに堪りかねていた。それは恐怖と言っても、差し障りはない。

「小指切り落とすぞ！」

ドスを大振りに構え、威嚇した。それは必死の威嚇行為だった。本来、この組長は、ここまで動揺させた相手を脅したりはしない人間だ。とっくの昔に、相手の小指を切り飛ばしていただろう。今まで七十六人を相手にそうしてきたのだ。

名越進は動じない。左目で夢中になって、超合金ロボを見ている。

その頭部が開き、中から少年の顔が完全に露出した。泣きそうな顔の少年だった。

「……出た」

「何が、出ただ！」

組長が苛立ちながら振り上げている右手のドスは、名越進には歪でなまくらな鎌に見えていた。その鎌は名越進に突きつけられているのではなく、組長自身の、左手の小指に添えられていた。

自身の怒りをこれほど無視されたことは、三十年以上なかった気がする。事情など最早《もはや》、どうだってよかった。組長は左手で、名越進の同じく左手、その手首を摑むやテーブルに押しつける。今にも、左の小指を切り飛ばしてやるという勢いにも、全く相手は動じない。

名越進は、自身を押さえつけている組長の左小指に、右手をそっと伸ばした。その右目は、瞼《まぶた》で閉じられている。伸ばした指の先にある組長の小指は、無数の、まだ完治していないささくれだった生々しい傷に覆われていた。

「……こんなに、傷つけて……」

その声は、子供に優しく接するような声と物言いだった。そしてそっと、その傷に触れる。

「いっ……痛《い》って……！」

組長の反応は過敏に過ぎた。実際、そこには、傷などないというのに、不意に生じた痛みに反応して、左手を引っ込めている。

「あっごめんごめん。痛かったよな、うん」

名越進は慌てて、謝るが、それはヤクザの組長相手の態度ではない。組長も、そういう扱われ方をしていることとぐらい、分かっている。そしてその態度に怒っているのではないし、ましてや恐怖しているのでもない。

「てんめぇ……コラァ！　指じゃすまねぇぞ！」

胸ぐらを摑み上げて、ドスの切っ先を首に当てて、組長は自身の感情に抵抗した。その感情を消すためであれば、指どころか、殺しかねない。

それでも右目を瞑ったまま、名越進は全く怯《ひる》まない。その左目には、怯えた表情の少年が不気味な鎌の形をした右手を左小指に当て、傷付けているのが見えている。血すら滴っている。その小指目がけて、ぐいと顔を近づける。

1775が伊藤学の手を握ったように、組長の左手を右手で包み込む。見るだけではなく、触れた。ペンフィールドの絵で言えば、極端に大きく描かれていた手で。その途端に粘ついた機械油の匂いが漂ってくる。金属のパーツに塗り込められた、滑らかではない、ペンキ塗りのような塗装の匂いと肌触り。そして重い金属の手触り。

しっかりとそれらを捕らえたのだ。

隙に、入り込めたと思った。もっと入り込みたいと思った。

「何だ……この気持ち……」

まるで頰ずりするかのように左手を取られ、組長の動揺は更に深くなっていく。

「……お、お前、何してやがる??」

もはや脅しではなく悲痛な悲鳴のようですらあった。組長の両手は、自身の中に湧いた恐怖そのものを反映して、激しく震え始めている。名越進は左手だけではなく、鎌の形をした右手までも掴んでいた。

ヤクザの組長の両腕を、躊躇いもなく拘束している。ドスにすら、全く怯えていない。まるで強がって反抗する子供をいなすように。右目は瞑ったまま、左目の視線を突き刺しながら、名越進は更に顔を近づける。

「子供のころ……カマで……小指に……何をした？」

その問いで、超合金ロボの頭部に据えられていた少年の顔が、限界に達したようにぽろぽろと、涙を流し始めている。

ボイラーの排気のような音がして、超合金ロボの胸部が振動し、僅かに開く。その胸部に触れると、組長は遂に悲鳴を上げた。激しい痛みが走っていた。構わず、開きかけていた胸部に手をかけ、こじ開けていくと、苦鳴をあげ続ける組長の右手から、ドスが床に転がり落ちる。

名越進は、その胸の中を覗き込もうとする。

組長は叫びながら、固めた右拳を名越進の顔面に叩き込んだ。殴られる瞬間に見えた右拳は、やはり超合金ロボの、幼稚な原色で塗られた右拳だった。だがその威力は本物で、体ごと、壁まで吹き飛ばされる。軟弱な身体で助かったとも言える。

僅かでも踏ん張っていたら、骨か、歯か、どちらかが砕けていただろう。

そういうよけ方ができたのも、名越進の左目には、相手が少年としか思えなかったからだ。その拳には威力はあっただろうが、威圧感はまるでなく、いなすことができた。

「……てめえ」

壁際で転がる名越進が痛みに藻掻《もが》く。その鼻や口からは、派手に出血している。流れ落ちる血は床を汚す。だが組長も、両手で胸を掻きむしるように藻掻いていた。名越進は、痛みに耐えて身体を引きずり起こし、壁に凭《もた》れながら、理解していた。

組長の持つ異形のホムンクルス、そのちぐはぐな姿が何なのかを理解し始めていた。

「そうか……罪悪感……カマで傷ついたのは君じゃない。君が誰かを傷つけたんだ……」

その一言は、組長の目から涙を流させる。とっくの昔に、ホムンクルスの少年は泣き喚《わめ》いていた。それが今、生身の組長にも波及している。名越進に、最も触れられたくない、誰にも言われたくなかったことを看破され、心の堤防が砕け散っている。

名越進は畳みかける。

「傷付けてしまったのに、怖くて……謝れなかった。そうだよね……？」

その一言が組長の脳裏に、過去のフラッシュバックを激しく明滅させ、混乱は極みに達し、自分自身が何なのかさえ分からなくなり、震え、号泣し始めていた。超合金ロボの装甲が見る見る剝がれ落ちていく。その姿を見て名越進は涙を流した。

泣きながら組長が告解《こっかい》する。それを名越進は聞いている。

「僕が……和男くんの小指を……和男くん……」

組長は膝を突き、むせび泣く。大人でもなく強面《こわもて》で通るヤクザの組長でもなく、幼児退行そのもので組長は泣く。泣きながら懺悔《ざんげ》する。

「和男くんの持っていたオモチャが欲しかったんだ……だから、僕はこの鎌と交換しようって、嫌だったよねそんなの……なのに僕は身勝手に押しつけて……揉《も》み合いになって……それで和男くんの小指が……ごめんね……ごめんなさい……ごめんなさい…」

組長の脳裏には子供の頃の記憶が鮮やかに蘇《よみがえ》っている。

くだらない、子供同士の諍《いさか》い。組長は子供の頃、友達の和男くんが持っていた超合金ロボが欲しかった。欲しいのに、どうしていいのか分からなかった。幼稚な取引、誰かが捨てた、もしくは落とした鎌を拾って、それが価値あるもののように言い聞かせ、交換しようと持ちかけた。拒絶されたときに、幼い少年であった組長は、理不尽な怒りに襲われ、喧嘩《けんか》になり揉み合いになった。

少年は鎌を握ったままだった。

揉み合いの中、偶然に触れた鎌がずっぱりと和男くんの小指を切断した。大量の血が噴き出し、激痛で転げ回りながら泣き続ける和男くんの傍には、生々しい白さの切り離された小指。その光景は、組長の心に、今なお爪痕を残すトラウマとなるに充分な過去だった。

装甲が剥がれ落ち、少年の姿となった組長が、謝罪しながら頭を下げている。生身の組長も号泣しながら土下座をしている。ホムンクルスと生身が同じ動きをしている。互いに互いを影響し合い、シンクロさせていた。

「……ごめんね……ごめんなさい……ごめんなさい」

二人の土下座する先には、和男くんが持っていた本物の超合金ロボが立っていた。

その光景を見ながら、名越進は二人に、声をかける。その言葉には慈愛の響きがあった。

「……罪を塗りつぶすしかなかった……あえて人を傷つけて……孤独を受け止めて

……その罪悪感があなたをヤクザにした……」

床に突っ伏したまま、組長はうんうんと頷《うなず》いて泣き続けている。

救われた。この人のお陰で、俺は本当に、救われたのだ。

彼はこの夜、やくざを引退し、自分の小指を七十七本目として切り落としている。

名越進はその有り様を見届けた。右目を隠して、左目で。

小指が切り落とされた瞬間、組長からホムンクルスはもう見えなくなっていた。

四

組事務所からキャロルに戻って来た名越進は、ふと公園の中に足を踏み入れた。

ホームレスたちが宴会を開いている。いつもより、騒がしかった。何処かやけっぱちな派手さだ。あまり派手にやれば問題になる。ただでさえ見逃されている立場なのを分かっていないはずがない。

顔を出してみると、何人かは涙目になっていた。

「……ケンちゃん、顔見せねえからテント行ったら冷たくなっちまっててよぉ。あんちゃんもここに来た頃、色々と教えてもらったろ？」

正直に言えば覚えていない。正直には、言わなかった。

死んだケンちゃんが張っていた、拾いもののテントの前に来てみる。流石に人が死んだとなれば警察の手が入り現場検証もされる。立ち入り禁止を示す黄色いテープが、形だけおざなりにテントを囲っていた。

誰も居なくなったテントは、それでもまだ、生活の痕が雑多に残されている。何とはなしに眺めていた。そういう心算だったのに、何故か両目から涙が零《こぼ》れた。

「……なんだこれ?」

涙を拭いながら、その液体が何なのか分からなかった。

何で自分が泣いたのか、分からなかった。

「おーい、あんちゃん……」

ホームレスの一人が近づいてくる。何処か親しげな響きがあったのは、泣いているのを見たからだろう。名越進には、自分が泣いた理由が分からなかったが、ホームレスはそれを好意的な理由と解釈したようだった。

「あんちゃん、車、戻ってきたらしいじゃん」

「はい」

「ま、みんなと一杯やろうや」

誘われた。断ろうという気持ちは湧いてこなかった。いつもなら、適当に参加して適当に去っていくが、今夜は自分から、ホームレスの宴会に参加しようという気持ちになっていた。

コンロを使い、集めてきた食材を器用に調理し、酒を呑んでいる。

その宴会はみすぼらしく、汚らしいが、和気藹々《わきあいあい》とした雰囲気は、貧乏学生の寄り集まりのようにも見える。車座になって鍋を囲み、みんなで食べる残飯も、今夜は抵抗なく口に入れることが出来た。

どんな仕事をしていたんだ、というナイーブな質問にも、自然に答えている。

「……保険会社？」

「はい、生命保険を組むため、確率を計算する部署にいました」

だが名越の左口角は、クィクィと無意識に上がっている。上がっているが、そんなことには気付いていない。すらすらと口から、自分の過去が滑り出してくる。

「確率ってなんだい？」

「そうですね、例えば……あっ、あれ」

公園の中を指さした。その先にはベンチがあり、そこでサラリーマンと思しき背広姿の男が惣菜《そうざい》パンを食べている。

「あそこでパンを食べてる会社員、いるじゃないですか？」

「うん」

「あれが、最高で六千万円」

「んぁ？」

みんなピンと来ていない。何を言われているのか分からないという顔。

お構いなしに名越進は喋り続ける。興が乗っているという口調だった。すかさず、今度は公園内を歩いている親子連れを指さしている。

「あの親子……父親がせいぜい八千万、母親は三千八百万…子供ですら四千八百万……」

息を呑んでホームレスたちは話を聞いている。誰も喋らないせいか、空気は重くなっていた。安いでしょう？　という口調で話していたが、ホームレスたちには、三人家族で、足して一億を超えるという数字が理解出来ていなかった。そういうホームレスたちを、名越進もまた、気に留めてはいない。紙皿に取り分けられた残飯鍋も、みるみる口の中に入っていく。喋り続けるためのカロリーを補給していて、そのために食べる物が何だろうと構わない。

口調はまだ、乗っている。

「まあ、大雑把《おおざっぱ》な推定ですが、それぞれ人の命には金銭的価値が付いてしまいます」

「馬鹿こくでねぇ…そんなもん誰が決めたんだ?」

反論が来た。望むところだというように反論を受けて立ち、近くにあった小さな木切れを手に取った。手近なホームレスに、話しかける。確か名前は、亮だった。

「亮さん」

「えっ」

「歳はお幾つですか?」

「……四十一だよ」

「四十一」

木切れで、地面に何か書き付けていく。数字を、かけたり割ったりという方程式を、ホームレスたちは久しぶりに目にしていた。世の中にそんなものがあったのを懐かしく思い出し、かといって理解は及ばない。

計算しながら、名越進の目は熱気を帯び始め、亮の方すら向かなくなっている。

「お酒はどれくらい飲まれますか?」

「え、み……見ての通り……毎日だよ」

「吸わねぇよっ……」

まさかそんなことを詰められるとは予想だにしていなかったのか、半分はキレ気味だったが、もう半分は怖がってもいた。暗黙の了解というものがある。吸わないというより、吸えないのだ。ビンやパックに入っている限りは呑める酒とは違って、煙草は劣化速度が速く、手に入らないことの方が多い。そんなことは分かっているだろうに、名越進は事務的に切り込んできたのだ。事務的な対応は亮というホームレスを萎縮させる。

お構いなしに質問は重ねられていく。

「過去に大きな病気をしたことがありますか？」

「……いや……あ、あれか……盲腸くれえか……」

「親や兄弟、親戚に、先天的な病気を持っている方はいますか？」

「いやっ……いや、それはちょっと」

握る木切れの先端で方程式が進んでいく。非情な運命に目がけて進んでいくのだという確信が、ホームレス全員の中に共有されていく。それ以上はやめてやれとみんなが思いつつ、あまりに機械的な仕草に、誰も声が出せない。

「ああ、それと、収入は今、一年間でどれ位ですか？」

「いやっ……お前、そんなのだって」

「だいたいでいいですよ、となると亮さんの値段は……」

結論を言う前に、横から突き飛ばされていた。

「馬鹿野郎！　人の値段なんか付けるもんじゃねぇ‼」

怒鳴り散らし、地面に書かれていた方程式を、足で乱暴に踏み消していく。亮はその場に、膝を突いていた。周囲から、落ち着いて、落ち着いて、と、方程式を消すのに躍起になっているホームレスが制止されている。

名越進はそれを、関係のない騒音として聞き流していた。

突き飛ばされたまま、仰向けになって夜空を眺めていた。

輪に入ろうと思った。思ったが、やはり、入れなかった。輪に入るよりも、人の内側にずかずかと入り込み、侵食していく感覚の方が、楽しかった。ホームレスたちの不機嫌さや怒りは、思った通りの結果でしかなかった。

世捨て人のように達観していても、現実を突きつけられればみんな素に戻る。

ホームレスという姿ですら虚飾のように思えた。何もかもを剝ぎ取って、その内側にあるものを見てみたいという悪趣味さが、名越進の内側にはこびりついているのだ。

ではさっき、自分は何故、泣いていたのだろうと思う。

人の死と、うち捨てられたテントには、虚飾がないからだろうか。そんな安易な話でもなく、かといって理屈があるわけでもなく、何となくなのかもしれない。人の死に泣いてみせるくらいの社会性がまだ残っていた、それだけかもしれない。

少なくとも、人の死に嘘はないだろう。

夜空を眺めながら、名越進は右目を覆う。左目で夜空に浮かぶ月を見る。新宿の、乱立するビルの合間に広がった夜空に浮かぶ丸い月。両目で見ようと左目で見ようと、何も変わらずそこにある。

「月は、月なんだなあ……」

珍しく情緒的にそんな風に呟いた。調子に乗ってやってしまったという後悔もあった。

その名越進の、珍しく見せた情緒を断ち切ったのは、スマートフォンの着信音だ。伊藤学に渡された方の端末ではなく、伊藤学が盗んできた方の、1775の端末。非通知設定で、通話が着信している。こざかしいと思った。どうせかけてくる相手など、一人しかいないに決まっていた。

通話を繋いだ。

「はい。……ああ、スマホを返して欲しいんだろ？……持って行ってやるから場所を言え。……ああ、分かった」

通話を切った。

周囲ではホームレスが、突き飛ばされて倒れているというのに、こちらのことなどまるで忘れたようにスマートフォンに言葉を投げかける名越進を呆然と見つめている。立ち上がって土を払い、ホームレスたちに今、気付いたという顔をしている。

「ああ……あっ、じゃあ、ご馳走様《ちそうさま》でした」

そんな気持ちのこもっていない言葉を投げ捨てて、名越進は彼らに悠然と背中を向けていた。


キャロルを少し走らせた。

区内を抜けてはいない程度の距離だ。住宅街の外れにある小さな公園の傍に着くと、そこでエンジンを切った。周囲はやたら静かで、寝静まっているようだ。名越進が日々、生きている空間と違い、昼と夜、オンとオフの区別がここには色濃く漂っている。

ここに来いと告げられたので、ここに来た。

しばらく、ぼんやりと車内で、ハンドルに両手を預けるようにして、時間を潰す。

足音が小走りに近づいてきて、助手席の向こうで止まった。1775が、ウィンドウの向こうから車内を覗き込んでいる。少しばかり、息が弾んでいるようだった。

「ねぇ、電話の人でしょ……？」

「ああ」

1775は周囲を窺ってから、慌てた仕草で助手席のドアを開け、車内に乗りこんでくる。

無造作に他人が、キャロルの中に入ってきたことが、神経に爪を立ててくる。

「おい、お前何勝手に入ってんだよ！」

不愉快さを声に出して伝えても、1775は気にしていない。気にしているのは、車外の様子だ。しきりに外を気にして、目の届く範囲でより遠くを、より広く見ようとしている。

スマートフォンに立て続けに入ってきていたLINEの通知を思い出す。

母親からの、不快なノックの連打。

それを思い出しただけで、名越進は1775の挙動が何故なのかを悟った。溜息が出る。

「……母親か？」

外を窺っていた1775が、視線をこちらに向けてくる。敵意すらあった。

「何ですか？」

「お前みたいなガキがそんな風に警戒するのは、親ぐらいだからだよ」

「何、適当なこと言ってるんですか？　……どうせ、私のスマホ見たんですよね？　お母さんからの通知、たくさん届いてるの知ってて、そんなこと言ってるんですよね？　さも、見抜いたみたいに」

それはそうだが、仮に見ていなくても、そんなことだろうとは思った。1775のような少女は、外の世界や外部の敵相手なら幾らでも虚勢を張れるが、身内にはどうしても逆らえない、そういう性質がある。それは名越進くらい生きていれば、簡単に察することが出来る常識と言ったっていいだろう。

所詮、そんなことなのだ。幾ら気持ちの悪い画像とポエムを並べ立てようと、その壁はいつまでも打ち破れない。そういう人間を、生きていれば山ほど見てくるはめになる。

1775のそういう凡庸さと、その凡庸さへの無自覚は、名越進を不快にさせる。平凡で何もない自分を、精一杯飾り立てて、分かったような顔をしている少女。何も怖くないような顔をして、母親を異常に警戒し、かといって正面から反抗も出来ないでいる。

「スマホ……返してください」

答えなかった。名越進は右手で右の目を覆う。名越進の左目が、1775の姿を見る。何も、変化はなかった。

1775がその仕草に鼻白んだ。自分の、ミニスカートから伸びる生足。制服の下に収められた胸の隆起。そういうものを観察されたとしか、思っていないようだった。そして視姦されることには、馴れきっている。

「キモ……あのブッブッ男とグルなんでしょ？」

「だったら何だよ」

1775が車内を見回す。後部座席から漂う、染みついた匂い。リアウィンドウ近くにぶら下がっている洗濯ハンガー。それらで全てを悟ったような顔をする。その目は冷め切っていて、軽蔑の色を濃くしていた。

「ここがあなたの家なんですか？……仕事は？　してないの？　……チュウトハンパ」

嘲笑の響きで突っ込んできた。１７７５はそうやっていきなり間合に飛びこんでくる。伊藤学の懐に切り込んだように、滑り込んでくる。が、まだ様子見だろうという緩やかさがある。それならばと、切り返す。

「アナタとひとつになると、すべてが本物になる」

一歩先手を取れたかどうか。１７７５はさして動揺した様子はない。スマートフォンを盗まれたときから、Ｉｎｓｔａｇｒａｍのサブアカウントを見られていることぐらいは、織り込み済みで腹を据えていたのだろう。

「やっぱ見たんじゃん……」

右手を離し、その右手で１７７５のスマートフォンを握り、今度は掌ではなく、その端末で、右目を隠してから、見た。スマートフォンを見せれば、何か動揺するかもしれなかった。

「アナタとひとつになると、この世界から解放される」

名越進の左目が、１７７５が末端からじわりと砂のホムンクルスになっていくのを、はっきりと捉えた。

「……アナタとひとつになると、ワタシがひとつになる……」

砂になっていく。ほぼ全身が、みるみる砂に変わっていく。少女を砂に変えていく呪文は、少女が自ら投稿していた。1775が動揺を隠せなくなってきていた。

「やめて」

「早く……ひとつになりたい…」

「やめて！」

1775の泣きそうな懇願とともに、その全身から無数の腕が生え始め、こちらに向かって伸びてくる。

「うわぁ！」

思わず叫んでその手から飛び退き、手にしたスマホを足元に落とす。

手だけではなく、身を乗り出した1775は、運転席の名越進に覆い被さってきていた。右手で、1775の腕を摑んで制止する。両目で見る1775は砂の怪物ではない。

今度は瞼だけで右目を閉じる。こちらにのしかかってこようとする1775の、砂。その一粒一粒を凝視する。

「……こいつ……砂じゃねぇ……？　……記号⁉」

砂粒のひとつひとつに形がある。

砂のように見えていたそれらは、小さな記号や文字の集積体だった。蠢《うごめ》く文字と記号がうねりながら連結し、それが手の形となって包み込んでくる。湿って黒ずんだ、言葉と文字の集積体が、遠目には砂のように見えていた。

文字の積み重なりは1775の姿を形作り、そして言葉となり声になる。

「……エロ？オヤ』ジZ？井……」

「な、何だコレ……!?」

「離してよ！」

ホムンクルスの変化に気を取られた隙に、腕の拘束を外された。振りほどくような動きで飛び退いて、勢いを殺せず、1775は助手席のドアに後頭部を打ち付けている。

「痛ったあい……何が目的なの？」

左目の中で1775の身体が、また違う形を取り始める。

ホムンクルスの顔から両足が生え、両膝を立てて開き、その中央には性器そっくりの縦型の穴が開き、それは唇のように動く。

襲いかかるのに失敗した1775のホムンクルスは、隙だらけの露骨な仕草で、名越進を捕食しようと構えている。

「……ちょっと……何、考えているのよ?」

「お前こそ、何が目的なんだよ?」

目の前に滑り出してくる、砂の塊にしか見えない、文字と記号の集積体が、つま先の形を取って突き出されてくる。つま先が誘うようになまめかしく蠢動する。そのつま先に浮かび、語りかけてくる文字を見る。

「処?女xハg恥ズカciシィ」

ホムンクルスの両足が左右から名越進の首に絡みつき、股間に引き寄せてくる。その先にある性器そっくりの口が開く。

「ワタシト……ヤリタインデショ?」

引き込まれる。抵抗しようと足掻《あが》く。飲み込まれるのを避けようと振りほどこうとする。

「てんめえ……!」

ホムンクルスは抵抗を嘲笑《あざわら》う。顔が体内にずぼりと引っ込んで、今度はミニスカートの股間から顔を出した。その顔はにやにやと笑い挑発を繰り返している。

「……チュウトハンパ……」

「気持ち悪ィなあ……それは、お前だろ……！」

苛立ち紛れに、ホムンクルスの頭を摑もうと、スカートの中に右手を荒々しく突っ込んだ。勢いで、右目が開く。

夜の車内で、女子高生の股間に手を突っ込んでいる自分が分かる。

現実に引き戻されていた。

「……何してるかわかってんの？」

咎めるような声ではなかった。1775が両手で、突き入れられた右手に絡みつき、拘束する。

右目を閉じた。左目で見る。ホムンクルスはうっとりとした表情を浮かべて、絡みつき、侵食しようと試みていた。

「……アナタトヒトツニナレバ……スベテガ……ホンモノニ……」

「唯一、親への抵抗がSEXってか……クソみたいな夢抱きやがって」

「オネガイ……ヤサシクシテ」

キスをせがむような顔が、記号と文字で形作られる。

安易な、そして自分の価値を高く見積もりすぎな、傲慢な誘いだった。名越進はキスになど応じない。一足飛びにシートを倒し、のしかかる。スカートの中に突っ込んだままだった右手で、股間の下着を鷲《わし》づかみに握りしめ、引きずり出した。

「やめてっやめて……やめてよ……マジでなんなの!」

誘っているのはホムンクルスだ。生身の1775は抵抗しようとしている。

どっちが本当かなど、続ければ分かる。1775の太股を押し開き、ズボンのチャックを下ろす。

ホムンクルスは向こうから足を絡めてくる。包み込み、侵食し、取り込もうとしている。

抵抗も誘いか。本気で抵抗してはいないのか。もしくはただの、恐怖か。あの組長のようにむき出しの感情を刺されて恐怖しているのか。

ホムンクルスの文字。

名越進に語りかけている。組長の超合金ロボよりも好戦的なようだった。

「ワタシ　は　オマエ　だ」

侵食してくる。私は、お前。一体化しようとする。あなたと一つになりたい。

「……一緒にするんじゃねえ!」

下げたチャックの間から鋭く屹立《きつりつ》した代物を、股間目がけて滑り込ませる。腰に力を入れ、ナイフで突き刺すように挿入を試みる。

その瞬間、ホムンクルスの全身が形を失って破裂した。破裂した記号と文字の塊が、形を失ったうねりとなって名越進の全身を飲み込んでいく。

「え、ちょっ、ちょっ、うわぁ！　ちょっと……ちょっと……待っ……」

呼吸が出来ない。絞り上げられていく。ホムンクルスの勢いに飲み込まれていく。逃れようとしても、腰をしっかりと抑え込まれている。

耐えきれずに右目を開けた。ホムンクルスが消失する。

名越進も、1775も、呼吸を乱し小刻みに震えている。

感覚がホムンクルスに邪魔されて、自分が何をどうしたのか良く分からなかった。その瞬間にホムンクルスが破裂したのだ。

「……もう終わり？」

1775は何も気にしていないという態度だった。しくじったことを笑ってすらいるような、そうでいて、無感情なような。

「チュウトハンパ」

そう呟く顔は感情を押し殺してはいたが、スカートから伸びる左足だけは、小刻みに震え続けている。恐怖や動揺ではなく、不自然な痙攣に見えた。

組長の小指を、思い出した。

右目を閉じて、左目で、1775の左足を見る。

小さな砂の塊がなめくじのように這いずって、靴下の中に隠れるように飛びこんだ。

「……何だ、今の」

股間ではなく、1775の左足にしがみ付いた。両腕で左足を高々と持ち上げ、隠れたホムンクルスを探し出そうと、靴下を引き脱がそうとする。

悲鳴じみた声と強い抵抗が生じた。

「ちょっと、やめてっ……見ないで！　見るな！　見ないで！　やめて」

それは下着をむしり取るように下げられ、挿入されようというときすら見せなかった激しい動きと声だった。1775の全身がまた砂に変わり、呑み込もうとしてくる。構わずに、左足から靴下を脱がそうとするが、右手を砂に巻き取られた。

「……このっ……」

左手で砂を払いのける。相手は砂だ。砂のように見える、小さな記号と文字の集まり。腕を突っ込んだところで沈むばかりだろうが、ほんの少しでも邪魔されるのを抑え込めればいい。半ば自棄の動きだった。

左手が、砂を摑んだ。そこに実体がある確かな感覚。どういうことかまでは考えなかった。摑めたのだからこれ幸いとばかりに、左手で1775を、砂のホムンクルスを押さえつける。その僅かな隙に、靴下を引き脱がしてアキレス腱《けん》を、踵を露出させていく。そこに刻まれた生々しい傷跡、躊躇い傷じみた代物から、血が流れ出している。砂のホムンクルスがそこからだけ出血し、そして滴る血の周囲だけが、1775の生身の肌に戻っていた。

Instagramのサブアカウント。踵から血を流す自撮り。血の付いた唇のアップ。

「ようやく本性出したな」

流血が、太くなっていく。砂のホムンクルスが剝がれ落ちて消えていく。

「やめて！　やめて！」

1775の動揺は、組長の動揺を思わせる過剰さだ。ホムンクルスが、生身に影響している。

踵の傷口に隠れたホムンクルス。その傷跡に唇をつけ、強く吸い込んだ。口の中に溢れんばかりに流れこんできた血を、音を立てて飲み込んでやる。1775の顔に絶望にも似た表情が浮かび上がっていた。

「ダメ……返してっ、返してワタシの……！」

1775は名越進の顔を両手で摑み、血塗《ちまみ》れの唇に吸い付いた。自分の中から奪われたものを取り返そうと強く吸い込み、舌で口腔内《こうこうない》をこそげ取ろうとする。

踵から足を伝う血が激しく太くなりながら1775の股間へと流れ、そこから広がるように、見る見る砂のホムンクルスは、記号も数字も失って、生身へと変化していく。

呼吸を求めて口を離した1775は、取り戻した血を口から溢れさせている。

「いたーいっ！　痛いっ……痛いっ、痛いっ熱い……」

口から血の飛沫《しぶき》をまき散らしながら泣き叫ぶ。泣き叫び藻掻く1775を、左目で見る。

砂のホムンクルスは見当たらない。そこにいるのは、生身で藻掻いている1775だ。

「……人間になった……！」

1775は痛みを訴え続けている。息も絶え絶えになって、まだ痛がっている。

伊藤学を侵食し、名越進をも捕食しようとしていた冷淡な姿は何処にもなかった。

スマートフォンが着信音を立て、車内の、熱を帯びた空気に冷たい雰囲気を差し挟んでくる。

留守番電話に切り替わる。

『お母さん』の文字。そして甲高い、女の声が響いてきた。

「こんな時間に外出って、あなた何考えてるの⁉　……わかってるわよ、彼氏ができたんでしょ？　お母さんには話しなさいって、あれほど……あら嫌だ……」

1775が跳ね起きて、窓の外を見る。

家からかけてきているわけではなかった。母親はすぐ近くを、スマートフォン片手にうろついていて、公園のそばに蹲るキャロルを見つけ、近づいてきている。通話は、切られていた。

「…………」

母親はもうキャロルの近くにいる。好奇心からか、中を覗き込もうとしていた。ここは街灯も届きにくく、暗い車内は目を凝らさないと、何も見えない。中にいるのが、自分の娘なのだということも、まだ分かっていない。

「どうすんだよ？」

名越進は低く問いかけた。ここで、母親に助けを求めれば、1775はあっさりと、名越進を犯罪者に出来る。社会で生きる生身の人間としては、それだけで勝てる。キャロルの車内で行われたことは、未成年者相手の強姦未遂でしかない。

母親が、身を乗り出してくる。目が暗さに慣れれば、見えてしまうだろう。

「…………」

ドン！　と鈍い音が車内に響き渡り、キャロルを僅かに揺らした。

1775が、窓を内側から蹴ったのだ。母親が覗き込もうとしていた、窓だった。

踵から流れる血が、窓に飛び大きく汚していた。それでもう、何も見えなくなる。

母親が怯えたように身を竦ませたのは、見えた。

母親にも、車内で何が行われているのかぐらい見当はついただろう。

娘を心配し、小言を言っていたはずの母親が、通話を切ってまでキャロルに近づいてきたのは、単純に、彼女にまだ色濃く残る、『女』の部分がもたらす好奇心でしかなく、その瞬間、1775のことを完全に忘れているのは、よく分かった。

そんな、下卑た顔をしていた母親を、1775が車内から睨み付けている。

自分を探して、車を覗き込んだわけではないと1775も分かっていた。

拒絶した。

母親は、それで、自分の浅ましい好奇心を自覚し、体裁を整えようと身を引いている。

「やだ、こんな所で。まったくどういう教育うけてんのかしら」

言い訳を一人で呟いている。自分に向けた言い訳は、人の親とは思えない子供っぽささえ感じられた。

名越進が溜息を吐く。両目で、１７７５を見ていた。もう、左目だけで見る必要はない。

１７７５のホムンクルスは、あの組長と同様に、消え去ったのだ。

「お前、人の車、汚してんじゃねえよ」

１７７５は微かに笑っていた。憑《つ》きものが落ちたような顔をしていた。

「何言ってんの、超キレイじゃない」

１７７５が窓に飛び散らせた、血の飛沫。

その向こうに、中央公園で名越進が見上げていた、満月が浮かんでいるのを見る。

あの公園でも、夜空に月を見た。今もここで月を見ていた。暗闇に丸く穴を穿ったような月を。

不意に気持ちが乱れた。

月。そして夜空。

何かを思い出せそうで、思い出せない。

自身の中に埋め込んだものが、出てきそうで出てこない。落ち着かない以上に、胸に這い上がってくるのは不安と恐怖であった。名越進はそれが自覚出来ていない。だからただ、落ち着かない。

「……お前の名前」

「何？」

「いや……１７７５ってのは、何だ？」

落ち着かない気持ちを紛らわすために、どうでもいい質問をした。気にはなっていたが、確かめたいことでもなかった。

「ああ、あれ？　……知らない人と会うときの、偽名」

「数字を名乗ってんのかよ？」

「違うよ、バカ。もじり。知らない人と会うとき、私『市川ななこ』ですって言うの。なんかリアルでしょ、その名前。違う自分になったみたいだし。それをもじって、１７７……」

反射的に、名越進は１７７５の口を左手で塞いでいた。握力を込めたそれは、口を塞ぐというよりも、顎を砕かんばかりの摑み方だった。驚いた１７７５が抵抗しようとして、諦めた。怖かったからだ。名越進の顔が、冷や汗を流しながら血走った目でこちらを見ていて、過呼吸かと思うほど荒い息を繰り返している。

「黙れ。……頼むから、もう黙ってくれ。その名前を、言うな」

訊いておいて身勝手なことを喚いていた。

名越進は自分が今、恐慌に陥っていることを、全く自覚していなかった。

四日目

一

その日、名越進は傍目からも分かる、焦燥感を丸出しにした険しい形相で、総合病院のロビーに駆け込んできていた。他の患者らを邪険に押しのけるほどの傍若無人さだったが、気にしてなどいられなかった。

受付の女性が、飛びこんできた名越進の顔に背筋を凍らせたのが分かる。

「おいっ、伊藤出せ」

「……ご予約は……」

「いいから、伊藤っていう研修医を出せ」

「あの、どちら様でしょうか……?」

「患者だよ」

ニット帽をめくって、トレパネーションの傷を見せた。この傷跡は間違いなく、患者だろう。受付の相手だって、少しは納得するはずだ。

「……あちらで少々、お待ちください」

待合室のソファを示された。ここで喚いていても、伊藤学が早く出てくるわけではない。不機嫌な顔を崩さずに、名越進は待合室のソファに深く腰を下ろす。

伊藤学のいる総合病院。最初に見せられた身分証に書いてあった病院名は、覚えていた。

向こうからの連絡を待たず、こちらから急いでくる必要があった。

今朝のことだ。キャロルの車内で、寝ぼけ眼で目覚めた名越進は、完全に脳が覚醒するまでぼんやりとしたまま、ハンドルにもたれかかって、窓の外を見つめていた。

左目から、涙が零れた。ゴミが入ったであるとか、寝起きであるとかではない。泣くときに流す大きな涙だ。このところ、自分では何も感じていない瞬間に、不意にそうして涙を流すことが多くなっている。

「……またかよ」

原因は分からない。精神がどこか失調し、自律神経が疲れているのかもしれない。この三日間で、奇抜なものを見過ぎていた。影響があったってなにもおかしくはないだろう。

左手で、涙を拭った。そのとき、たまたま右目を瞑っていた。

「……おいっ、おいおいおいおい」

名越進の左目が、自分の左手を見ていた。

奇抜なものがそこにあった。超合金ロボの、左腕。あの組長のホムンクルスの、左腕だけがすげ替えられたように左目に映っていた。

パニックになった。だから息せき切って、ここに来た。

伊藤学に対して、苛立ちが募っていた。

早く来い、とそわそわしながら、待合室で待っている。待ちながら、ひょっとして思い違いか見間違いではなかっただろうかと疑念がよぎり、そっと右目をまた閉じて、左目で、自分の左半身を眺め回す。

「……っ！」

増えていた。左腕が、超合金ロボ。そして左足は、砂状になった文字と記号の集積体。

間違いなかった。どういうことなのか、伊藤学に今すぐにでも説明して貰いたかった。

組長と1775の、ホムンクルス。それが何故、自分の身体に同居しているのかを。

そわそわと落ち着かないまま、待合室で、伊藤学を待ち続ける。その名越進の、前のソファに、誰かが座った。赤いワンピースの女だ。右目を隠したまま、女を、左目で見てしまっていた。女がいきなり、こちらを振り向いた。

何もない。申し訳程度に、顔にあるべき目鼻の分は隆起しているが、出来の悪いマスクのようにしか見えない。ゴムのような質感をしたのっぺらぼうが、こちらを向いている。

「……！」

心臓がすくみ上がった。そのまま心不全で倒れてもおかしくなかった。のっぺらぼうに、口だけが浮かび上がってくる。

「……からっぽ」

それだけを言うために現れた口だった。悲鳴にも似た驚愕《きょうがく》の声を上げ、半ばパニックに陥りながら、名越進は逃げるように、及び腰で立ち上がっている。のっぺらぼうからではなく、からっぽと言われた、その言葉が名越進を怯えさせた。

右手を外し、両の目で世界を見る。

目の前にいた女も立ち上がって、驚いた顔でこちらを見つめていた。

赤いワンピースなど着ていない。のっぺらぼうでもない。

名越進の声に驚いている女性は、白いニットと茶色のスカート姿だった。

突然、挙動不審な動きをした名越進のところに、看護師が駆け寄ってくる。

「大丈夫ですか、何かありましたか？」

「ああ、大丈夫です。すいません」

女は無言で、名越進を見ている。きちんとした目鼻立ちの、美人と言える女性だ。髪型はショートボブで、眉毛の上で前髪を切りそろえている。

気まずくなり、歩き出す。待合室から出たいのではなく、この女から距離を取りたかった。もっと言えば、あの『言葉』からだ。

からっぽ。

1775のときのように、反射的に、その口を封じてやりたくなっていた。

背中に視線を感じたが、無視すればよかったのかもしれない。つい振り返ってしまい、その女性と目が合っていた。

「……」

「……」

お互い無言のままだった。

からっぽ。はっきりと、そう言われた。名越進の、穴の開いた頭蓋骨の中で、脳が軋《きし》みを上げながら身じろぎしている。あの赤いワンピースの、のっぺらぼうの女性が、ホムンクルスなのだろうか。それが今、名越進を侵食しようとしているのだろうか。

分からない。分からないというか、思い出せない。

駆け寄ってくる足音で、我に返る。伊藤学が慌てた風に近づいてくる。

「……名越さん、連絡もなしに来ないでくださいよ……！」

伊藤学は、身分証にあった通り、黒髪で、地味な白衣姿だった。

「伊藤お前、お前、どういうことだよ……！」

そうやって左腕を翳したところで、伊藤学には何が何だか分からない。名越進も、詳しい事情を話せるほど落ち着いてはいなかった。

「……分かりました、とにかく落ち着いてください。で……何かあったんですね？」

面白がっているその顔は、いつもと大して、変わりがないように見えた。

二人はキャロルに乗って伊藤学のマンションに向かった。

書斎に飛びこみ、我が家のように名越進はソファに座る。伊藤学は研修医の制服姿で来てしまったから、奥で着替えている。声だけが聞こえてくる。

「それにしても、名越さん。あの車、他人は乗せないいんじゃないいんですか？」

「もう他人じゃねえだろ」

「ですよね」

満足そうな微笑が見えて癪だった。

今更、他人面をされても困るというだけだ。いつ放り出されて縁を切られてもいい相手ではなかった。少なくとも、この左半身のことが解決するまでは、だ。そういう意味では、名越進も充分に身勝手だが、そこまで気を遣っている余裕がない。

超合金ロボの左手。

砂状になった、左足。

その話は、車内でしてあった。その場では特に返事は得られなかったが、特殊な変化が出たことを明らかに喜んでいる。伊藤学の好奇心を満たすのに利用されて捨てられては堪らなかったから、もう他人ではないと釘を刺したようなところもある。

戻ってきた伊藤学は、首から上はウィッグこそ被っていなかったが、ピアスを全て取り付けて、その癖、眼鏡はかけている。首から下に纏っている服はいつも通りの派手で、主張の激しい代物だった。

　椅子に座り、向かい合う。

「ホムンクルスは無意識の奥に無理やり閉じ込められた心の歪み、だから歪な姿なんです」

「……なるほどな」

　なんとなく、今の伊藤学の姿も歪んでいるように見え、含みのある視線を向けてしまったが、伊藤学は気にもせず話を続ける。

「名越さんの脳は子供の感受性を取り戻し、かつ大人の知識と経験を持ち合わせた状態なんです。この稀有《けう》な第六感は、二人の人間を救ったんです！」

　手元のタブレットで絵を示す。

　人形のような簡単な線画に横線を引き、『意識』と『無意識』を示す絵。ページを送ると、砂のホムンクルスと、超合金ロボが描かれている。心の歪み。組長も、1775も、それらしきものは持っていた。小指の切断事故や、親からの抑圧、そんなものが過度に抱え込まれ、ホムンクルスに形を与えていた。

「心の歪みが見える。これは、精神療法の世界をひっくり返す快挙ですよ！」

「いやでも、そいつらから消えたものが……なんで俺の身体にある？」

「それなんですけど、ちょっとこれを見てください」

椅子から立ち上がり、壁に寄っていく。無数に貼られた記事や論文、写真、その中から、頭に包帯を巻いた、不気味に微笑む外国人の女性の写真を指先で示した。

トレパネーション後の写真なのだろう、生々しく流れている自分の血を、まるで化粧するように拭き取りながら笑っている。高揚感で引きつった笑顔が不気味さを醸《かも》し出していた。

続いて立ち上がり、そばに寄っている。

「……その女もホムンクルスが見えたのか？」

「さぁ……この絵は、彼女の描いた自画像です」

違う場所に貼られた絵。

全身が歪み、無数に生えた手、左右で異なる顔。頭には昆虫の羽根じみたものが開いている。

名越進は、それが何を表しているのか、察した。

「……ホムンクルスの転移」

「さっき名越さんの報告を聞いて、真っ先にこの絵を思い浮かべました。ホムンクルスが見える人間と見えない人間がいるって言ってましたよね？」

「あぁ」

「例えば、境遇や趣味で惹《ひ》かれ合うように、心の歪みが似てれば、ホムンクルス同士も惹かれ合うんじゃないですか？　つまり……ヤクザもＪＫもまるで違う人間のようでいて、名越さんも同じ歪みを持っていた……」

「フザけんなよ。あんな化け物と一緒にするな…」

「いやでも、彼らの歪みは消えたんでしょう？　で、今は名越さんに移っている。彼らが抱いていたような、何らかの罪悪感やマニュアルへの依存……近しいものに憶えないですか？」

「……」

　組長に、覚えがないですか？　と訊いたとき、まったくないと返事をされた。今、同じ言葉を返したくなる。気持ちが分かる。ただのトラウマならともかく、それがホムンクルスとなって現れていると知った今では、尚更だ。

　超合金ロボの腕や、砂状の足が、自分の中にある何かを表しているなど考えたくもない。

「名越さん自身の歪みも意識の表面に見え隠れしてきている……」

「俺の歪み……？」

「その、病院でさっき見たっていう、赤い服ののっぺらぼうに、他の人間とは違ったものを感じたんでしょう？」

「……」

「名越さんがホムンクルスを見てる以上に、ホムンクルスが名越さんを見てるんです……それがどういうことなのか自分自身で分かってるんですよね？　……ホムンクルスが自分自身だということを……」

落ち着かなくなってきた。言われていることの正否を判断出来ない。ざわざわと胸騒ぎがしてくる。伊藤学の言う言葉は、それなりの知識に裏打ちされているだろうが、論理の飛躍や誤謬《ごびゅう》もあるだろう。何せ、日本では殆ど行われていないことをしているのだ。

だがそれが何処かを考えても、何も分からない。ひょっとして全部正しいのかもしれない。

自分の中にも、組長や1775と同じ歪みがあり、それが他人から転写され表面化している。

頭がおかしくなりそうな不安を誤魔化すために、名越進は無理に、低く、乾いた笑いを立てていた。ひとしきり笑い、そして自ら会話を変える。

「……で、この女は今はどうしてる？」

「自殺しました」

「……！」

拳銃で頭を撃つ、ふざけたジェスチャーをしている。

名越進の顔色が変わった。

「……お前、それ前から知ってたのか？」

「はい。この絵は彼女が死ぬ前に描いたやつですから」

「……」

自分の左半身を意識する。

こんなものが見え続けていたら。ましてやあの女が描いたという自画像は、より酷い。全身が他人から転移したホムンクルスのパーツで埋め尽くされている。衝動的に自殺したくなっても不思議じゃない。自分も、きっといつか、そうなってしまう。

「……俺の頭の穴、すぐ閉じろ」

「は？　まだ四日目ですよ。冗談言わないでください」

罵《のの》り声をあげて、名越進は伊藤学に襲いかかり、胸ぐらを摑み上げた。何処までも他人事《ひとごと》で、事務的な扱われ方に、我慢出来なかった。

「いいから今すぐ閉じろ！」

「まっ、まるで別人ですね……名越さん、気付いてますか？　あなたは四日前まで、そんなに感情豊かじゃなかった。なんなら植物状態になっても何も変わらないとまで言ってたんですよ。だから、僕言ったじゃないですか……七日間、生きる理由をあげます、と」

「俺は、化け物と心中する気はねえよ」

「分かりました、分かりました、分かりました、離してください」

しがみ付いてくる名越進の腕を振り払い、伊藤学は距離を取る。

「塞ぐ代わりに、条件があります」

「……」

「穴を塞ぐ前に、僕のホムンクルスを見てください」

「……だから『何も見えない』って言っただろ」

左口角の動き。名越進は自覚がない。

「名越さん……」

「ああ？」

伊藤学が自分の左口角を指さす。

「そこ、また上がってます」

「……」

呼吸を荒らげる名越進の右目を、近づいてきた伊藤学の左手が覆う。

「僕を見てください、名越さん」

名越進の左目が、伊藤学の姿を見る。

「僕の中にも、あなた自身は見えますか？」

一見透明でいて、人の輪郭は微かに見える。人型の水槽。伊藤学の持つ、ホムンクルス。

目を凝らす。もっと多くの姿を見ようとする。

「……そういえば聞き忘れてたな。……何故、右目を塞げって言った？　何故、片目で？」

「視力検査と同じだと思ってもらったらいいんですが」

「ばかを言うな、じゃなんで右だけなんだ」

「そうですよね。これは仮説ですが……昔、有名な霊能者の女性がいました。人の抱えた過去を見ぬき、『取り憑いた悪霊』を祓《はら》う、テレビにも出ていた女性です。彼女の見通した他人の過去、悩み、トラウマ……やらせ抜きで当たっていたそうです」

「そいつにも、ホムンクルスが見えていたのか？」

「それは分かりません。でも彼女は額に穴も開けていませんし、目も隠しませんでした」

「じゃあ、なんで」

「彼女、右目がほとんど見えなかったんですよ」

片方の目が見えなくなれば、ホムンクルスが見えるようになる。そんなわけはないだろう。片目が利かなくなった人間など、山ほどいる。それとも額に穴でも開ければ、そうなるのか。今し方の霊能者とやらは、じゃあなんなんだ。

適当なことを言って、けむに巻こうとしているのだろうか。

更に何かを言おうとして、黙った。

人型の水槽、伊藤学の持つホムンクルスの中にいる水が細かく震えた。水槽の中に、小さな一匹の金魚が見える。金魚はのんびりと、水槽の中を遊覧している。

「……右目と左目で役割が違うという説があります。繋がっている脳のエリアが違うからということですが」

　金魚を追う。特になんということはない。ただ、水槽の水が、小さく揺れ始めている。

「右目は理論を追い、左目は直感を見る。物を見てきれいかどうかの判断と、何故きれいなのかを考える……そんな違いです。霊能者は、左目で、相談者の悩みを直感的に判断していたんじゃないかと思うんです。だから、右目を塞いでみればよりスムーズになるかと」

　名越進は伊藤学の手を払いのけた。

「……バカなこと言ってんじゃねえよ」

「これは僕の想像ですけど、名越さんって元々、異常に物事を論理的に判断していませんでしたか？　数学的とも言いますけど。普通のトレパネーション被験者は、目で見たものに圧倒されすぎて精神に異常を来すという側面は、必ずあると思うんですよ」

「俺も今すぐ壊れそうだよ」

「そこを引き留めているのが、論理で構築された名越さんの脳です。全てを理屈と数字に置き換えてしまえば、ホムンクルスなんて全てが否定されて然るべきなんです。僕は、そういう実験をしているんですから」
名越進は、どんな人間の資産価値であろうと算出出来る。
それが人間ではなくてもだ。モノ、に付随する価値、その数字を算出していると
き、気持ちが沸き立つほどである。それを放出しすぎて、公園ではホームレスに怒
鳴られたが、名越進の本質は方程式そのものであるとも言える。
だから壊れずに済むと伊藤学は言う。
嘘くさかったが、視力検査と同じなどと言われるよりは、マシだった。
自分が一応納得出来るだけという、仮説そのものだとしてもだ。
名越進は、伊藤学が『自分を知りすぎている』という一点には気がつけずにいる。
「最初にお見せした実験項目に、霊能力実験という項目があったの、覚えています
か？」
「それを今、同時にやっているってことか？」
「そうです。僕はトレパネーションという施術が、オカルト的な現象をあらかた、
解析してしまうのではないかと思っているんです。要するに全て、脳の働き、精神
医学の領域における生理現象なんじゃないかってね。だから、出来ればあと数日、
ご協力いただきたいんですよ」

「俺が死んでもお構いなしか？」

「大丈夫ですよ。あの女性は施術後、数年はそのままでした。人に拠って限界は違うと思いますけど、僕がちゃんとケアします。終わったら、すぐに塞ぎますよ」

塞いで、見えなくなってしまえば、少なくとも死を選ぶようなはめにはならないかもしれない。だが一度見えてしまったものが、消えてなくなったりするのだろうか。組長と1775から転移した、腕と足は、見えなくなるだけでずっとそこに残り続けるのではないだろうか。

「それより、名越さん自身の歪みを、ご自分で読み取った方がいいと思いますけどね。心当たりがないか、どうか」

「全くねえよ」

名越進は超合金ロボの組長と同じような返事をしてしまっていた。

「そうでしょうね。名越さんは何せ、記憶がない」

伊藤学は指先で、自分のこめかみを突いて見せた。

「全てがない、という訳ではなく、まだらにない、のでしょう？　僕はきっと、トラウマに関すること、自分の歪み、そういったものを忘れているんだと思います。人間は生きていくために、辛い記憶を忘れ去ったりしますから」

「それも精神医学か？」

「ど真ん中ですよ。そしてそういう歪みこそが、人間の有り様です。僕はそれに興味があります。自分自身についてだって、そうです」

滔々《とうとう》とそう言われても、名越進には心当たりなど、何も思い出せなかった。

罪悪感。記号と数字。

思い出せない。

伊藤学から最初にトレパネーションの申し入れがあったときに、名越進は「お前が頭に穴を開けろ」と言い返した。

「……ホムンクルスが見える者同士が、互いを観察したら、どうなる？」

「危険でしょうね、そんなのは。お互いを転移し合ってぐちゃぐちゃになっていく」

だがもし、名越進の姿を左目で見る誰かが他にいたら、自分を見てくれるのであれば、組長や1775のように、脳に埋もれていた歪みを掘り起こしてくれるのかもしれない。そしてホムンクルスも、消えてしまうのだろう。

俺も誰かにそうやって見られたい。名越進は強くそう渇望していた。

二

伊藤学と別れて、車内に戻り、いつもの塒《ねぐら》、中央公園と高級ホテルに挟まれている路肩に停めた。寝るという気分にもならなかったし、ドライブなど全く気が乗らなかった。頭の中が、まだぞわぞわしている。

……名越さん自身の歪みも意識の表面に見え隠れしてきている……

その言葉が離れない。

……その赤い服ののっぺらぼうに、他の人間とは違ったものを感じたんでしょう？

そんな曖昧な当てこすりに、心が乱れる。

違うもの。言葉だ。からっぽという言葉。

1775のときに起こしたパニックと同じ心の乱れだ。

車内を、引っかき回し、ひっくり返した。この車内に何か痕跡が残っていないのか。自分の左腕と左足をホムンクルスに変える原因となった歪み。恐らくそれは、伊藤学の指摘する通り、忘れてしまっているのだろう。

思い出すきっかけのようなもの。

歪みを知らなければ、対策も出来ない。組長や1775のように、今度は自分に転移したホムンクルスを消さなければならない。このままでは、自分もいずれ拳銃自殺するほどに追い込まれるだろう。

車内の、シートの隙間やフロアマットの裏、全く掃除などした覚えがない場所を探っていく。それだけ、手つかずということだからだ。無数のメモや曲がって折れた名刺、レシート。ゴミとしか思えないそれらを引っ張り出しては、細部まで確認していく。

名刺の一つで、手が止まる。しげしげと、眺め返す。

『Currenture 東京支社』『名越進』の文字が刻まれた名刺。

自分の名刺だ。覚えていない。忘れていたものの一つか。これが何の歪みに繋がるのか。微かに震える手で、名刺を、裏返す。そこには余白にボールペンで、『ナナコ』と刻まれていた。

ななこ。

そして『違う自分』だ。

「ナナコ……」

声に出してその名を呟くと、脳裏に明滅するように浮かんでくる光景がある。

その光景は、音すら伴っていた。自分が、酒を飲んでいるのを、名越進は遠くから見ている。自分の周囲には女たちが群がっていて、それはキャバクラやクラブという店ではなく、何処かの高級ホテルのバーで行われていた飲み会だった。

女たちの声がする。

……名刺とかないんですか？

その光景から聞こえてくる声に耳を傾ける。

……わあ、ありがとうございます！

……男前で、ポルシェとか！　スペック高過ぎ！

……ってか、ちょっと名越さんのこと狙いすぎじゃない？

……誰でも狙うでしょ？

空虚な、薄っぺらな会話が聞こえる。自分を見る。名越進は表面上、愛想良く喜々としているが、目は全く笑っていない。自分のことだから尚のこと、良く分かった。

名越進は今、自分自身のことを自分で見ている。

自分が振り返る。カウンター席の方だ。自分の視線の先を見る。

赤いワンピース姿の女がいた。その女が自分を見ている。のっぺらぼうではない、目鼻のちゃんと備わった顔。唇に見覚えがあった。病院の待合室でその口が自分に話しかけてきた。

……からっぽ。

胃が竦む。覚えている。思い出してきている。

その言葉に、胃が竦んだことがある。

周囲の喧噪《けんそう》が蘇ってきて、耳障りに木霊《こだま》する。

……てか名越さん全部持ち合わせてるしー

……ねー、間違いない

……だってさあ、包容力あってもブサイクなさ、フリーターとかだったら超意味無くない？

騒々しかった。そのときの自分も、そう思った。

自分が、その席を嫌って立ち上がり離れていくのを見る。そうしたのを、思い出す。

赤いワンピース姿の女に近寄っていく。周囲の女の安っぽさにうんざりしたのだ。一人でいる女が投げかけてくる視線に応えた方がまだ楽しそうだと、そう思ったのだ。

近づいていき、名刺を渡す。

『Currenture 東京支社』『名越進』

「……はじめまして、名越です。……名前は？」

差し出された名刺を受け取って、女は、余白に、さらさらとボールペンで名前を書き込む。

『ナナコ』

ナナコは名越進を見ている。名越進は自分を見ている。

自分の左口角が上がっているのを、見た。

ナナコが何かを言った。聞き取れない。耳を欹《そばだ》てる。

「……あなた、からっぽね」

「……うん？」

何を言われたのか、分からなかった。そのままナナコは立ち上がり、あっさりと名越進を袖にした。赤いワンピースの後ろ姿を、名越進は呆然と見送っている。

元いた席の連中は、飲み直しだと騒いでいる。

名越進を呼んでいる。名越進は名刺を見ている。ナナコと書かれた名刺。

飲み直しの誘いを無視して、ナナコの赤いワンピース、その背中を追いかけていく。周囲の喧噪が遠ざかっていく。エレベーターに乗るのが見えたが、間に合わない。二つあるエレベーターのもう一台を呼ぶ。

ナナコの乗ったエレベーターは地下まで下がっていた。駐車場のあるフロアだ。

それを確認してから、やってきたもう一台のエレベーターに乗りこみ、地下駐車場へと向かう。恐ろしく焦《じ》れる時間を、エレベーター内で過ごす。到着すると、殆ど転げるようにして、駐車場内に駆け入り、周囲を見渡している。

赤いワンピース姿の背中が、小さな、古い、車に乗りこんでいた。

マツダ・キャロルだった。名越進が駆け寄る前に、エンジンがかかり、やや強めの噴き上がりを見せて走り出すキャロルの前に、名越進は飛び出していた。

急ブレーキをかけて、キャロルが停車する。

運転席の、ナナコを、名越進が見つめている。

ナナコも、名越進を見つめ返していた。

やがて、ナナコはキャロルから降りてくる。そして無言で見つめ合う。

それが本当に、全てが正しい記憶なのか、名越進には分からない。細切れにされ、再編集されたような不自然さも感じている。だが間違いなく、失った記憶の断片には違いないという確信があった。

名越進とナナコは、二人でキャロルに乗っていた。運転席でハンドルを握っている、名越進。突然ハンドルを明け渡すだろうか。いや……これは、時間が飛んでいる。夜ではなかったし、そもそも、自分はしたたかに酔っ払っていたはずだ。

また時が飛ぶ。こまぎれになった、忘れていた記憶の一部。

マンションのベランダに、自分とナナコが並んでいる。二人で空を見上げていた。昼だというのに、暗い空だった。二人が見上げているのは、太陽だった。それは月の影に侵食され、形と光を失っていく。

全ては、失われなかった。太陽のふちを残し、月影が丸く、一回り小さく収まり、まるで輝く指輪のように見えた。見事な金環日食は、空に穿たれた穴のようだ。

「……」

何も言えない。これは、ちゃんとした記憶なのだろうか。捏造《ねつぞう》されてはいないだろうか。名越進は自分で自分が信用出来ない。だが、自分とナナコが仲睦《なかむつ》まじく暮らしている光景は、心地よい光景だった。

すっと、フラッシュバックが消えていく。

名刺を摑んだまま、名越進はハンドルにもたれ掛かっていた。眠っていたのかどうかすら、自信がなかった。何も確証など得られてはいない。

だが思い出した。欠落した記憶を、思い出していた。一つ思い出せば、また一つ。頭の中でパズルが組み合わさり、一つの絵となって広がっていく。

「ナナコ……」

名前を呼んだ。中央公園と高級ホテルの間に停まっている車内で、たった一人で
名越進はその名前を呼ぶ。キーを捻《ひね》りエンジンをかけた。

キャロルが、走り出していく。

名越進の唇は今、左の口角が引き攣《つ》っている。

五日目

伊藤学のいる総合病院の、駐車場にキャロルを蹲《うずくま》らせながら、名越進は出入りする人間をずっと観察している。見張っているのだ。昨夜から、一睡もしていない。この病院の敷地内に移動してきて、そのままだ。

何時間が過ぎたのかすら分からなかったが、眠気など一切、覚えなかった。

そして、見つけた。

病院から出てきた、白いタートルネックに、グレーのコートを着た女性。それは右目を隠し左目で見ると、赤いワンピース姿ののっぺらぼうに変化する。それを確認するなり、名越進は車から飛び出して、声をかけながら立ち塞がった。

「……ナナコ」

「えっ？」

「……ナナコだろ？」

そう呼びかけられて、相手は何かを思い出すように、俯《うつむ》いて額を押さえた。頭痛に苦しんでいるような仕草に見えた。

「どうしたの……？」

「……分からないんです……記憶がないの。わたしを……知ってるんですか？」

名越進は何度も、頷いてみせた。構わない、という仕草。

「……一緒に……これから、一緒に来て欲しい。俺は……君を知っている」

相手はしばし黙ったあと、頷いて、ひどくあっさり名越進の誘いを受け入れた。記憶がないという彼女は、警戒心よりも、自分を知っていると言い切る男の言葉を優先していた。名越進は本心から、そう言ったのだが、記憶がないというあやふやな不安感の中でなら、強く言い切ってくれる相手の言葉はさぞかし頼もしく感じられるはずだった。

キャロルが、二人を乗せて走り始める。

向かう先は高層マンションだ。かつて名越進が住んでいたマンションである。契約を切ったわけではなく、今でもそこは名越進の部屋だった。そこを出て、名越進は、ホームレスになっていたのだ。しばらく近寄っていないとはいえ、勝手知ったる我が家である。手慣れたハンドル捌《さば》きでロータリーを回り、駐車場にキャロルを滑り込ませる。

車を停めてしまうと、二人の間に気まずい沈黙が流れた。

無視して、名越進はグローブボックスを開ける。そこにある白い鍵を握りしめて取り出した。

二人で揃って車を降りた。その瞬間、ダッシュボードの上に放り出してあったスマートフォンが着信音を響かせる。かけてきた相手の心当たりなど、一人しかいない。

無視して、歩き始めた。

「……いいんですか、出なくて？」

「ああ、いいんだ」

それきり何も話さず、二人はマンションに入った。エレベーターに乗り、自分の部屋がある階まで昇っていく。二人の間に会話はない。白い鍵で扉を開け、久しぶりに名越進は自分の部屋に戻ってきていた。

誘うと、女性は部屋の中へと入っていく。部屋の内装を、見回していた。装飾品や、壁紙の手触りを指先で感じ、カーテンやソファを撫で、部屋に差し込んでくる光や空気を全身で感じ取ろうとしている。

「わたしはここで暮らしてたの……？」

実感の伴っていない声を出す。名越進は、何も気にしなかった。

「……からっぽ」

「え？」

「初めて会ったとき、君が俺にそう言ったんだ。俺はその一言で救われた」

「……」

「俺も自分を忘れていたんだ……でも、君を見つけて、思い出した」

二人で、ベランダで、金環日食を見たのだ。

それを鮮明に思い出していた。

クローゼットに向かい、そこにしまってある服の中から、赤い色をしたワンピースを引っ張り出す。そこに、その服があることも、きちんと思い出している。そして引っ張り出した服を、手渡した。

「……これ」

「これ、わたしの……？」

「君はこの服が好きだった……」

言われて、しげしげと、渡されたワンピースを眺めている。そして名越進に、助けを求めるような視線を投げかける。

「……わたしたち、一緒に暮らしてたの？」

「ああ、二人で幸せに暮らしてたよ、ナナコ」

左の口角。名越進は気付かない。相手はそれを指摘しようとした瞬間、額を押さえて前のめりになった。小さく苦鳴をあげ、動揺し、苦しみ始めている。

「ナナコ！　ナナコどうしたの？　大丈夫？」

「……分からない……何も思い出せない！」

「ナナコ、落ち着いて」

呼吸を乱し、動揺して藻掻く相手を、名越進は自然に抱きかかえていた。

「ナナコ、ゆっくり…ゆっくり吐いて」

腕の中で震えていた相手が、そっと名越進の顔を見る。お互いに、いたたまれない視線で、互いを見ていた。名越進も、相手も、記憶がない。だが二人で補い合うことが出来れば、もっと見て貰えれば、ホムンクルスなど介さなくても自分は救われるのではないかと名越進は思った。そしてきっと、この相手も。

もう少しだと名越進は考えていたが、何が『もう少し』なのかは自覚出来ない。ただ、何かがもう一つか二つあれば。

見える。

のっぺらぼうのホムンクルスが見える。そこに目鼻立ちを書き込むのだ。

ナナコの目鼻立ちを。ずるずると音を立ててその顔は蠢く。必要なのは、時間かもしれない。そしてその時間は、必要な『もう少し』が時間であったとするなら、そう長くはかからなかった。名越進が相手のホムンクルスに影響を及ぼすとき、いつだってそう時間はかからない。

組長のときも。

1775のときも。

そして今も。

必要なのは時間ではなかった。

「……私は、ナナコ」

「うん……君は、ナナコだよ」

のっぺらぼうのホムンクルスが、名越進が『覚えている』ナナコの顔を取り戻していく。

彼女の記憶が再現されていく。それは一緒に金環日食を見た、ナナコの顔であった。薄く、のっぺらぼうのホムンクルスが一枚乗っているように見えたが、ぼんやりしていても間違いなくナナコだった。

「……私は」

その言葉を遮って、名越進はそっとキスをした。ナナコは拒絶しない。むしろ求めてくる。

もう少しは、こちらかとも思う。必要だった『もう少し』だ。

性欲。既にのっぺらぼうのホムンクルスは悶《もだ》え始めている。本体であるナナコが戸惑っているのもお構いなしに、ホムンクルスだけが。それは名越進の意図した通りの、悶え方だ。1775にもそれは勿論、あった。1775はその制御を知らなかっただけだ。ホムンクルスが1775の意志を飛び越えて本能を剝き出しにした結果、名越進はそこに入り込むことが出来た。今も、そうだ。

それは性欲でなくてもいい。例えば組長は、そうではなかった。

僅かに箍《たが》が緩むきっかけがあれば格段に入り込みやすくなる。記憶のない彼女の中ですがれる柱のようなもの。その柱を、動かしてやればいい。それを名越進は身を以《もっ》て経験している。自分の柱が外されたことを覚えている。

ナナコによって。

名越進は覚えている。

ナナコの喘《あえ》いだ表情、一緒に居て良いという許可証の一つだ。

それが欲しかった。そうであって欲しかった。それはナナコも同じだ。

今や互いが互いを求めていた。互いが互いを見ていた。そして貪るように、お互いの身体を愛撫《あいぶ》し続けている。

名越進の左口角が引き攣っていた。

通話が繋がらなかった。何度かけても、繋がらない。

呼び出し音を鳴らしたまま、繋がらないままスマートフォンの端末を、伊藤学は放置していた。もう、繋がるかどうかなど、どうでもよくなっている。アクセサリー類を外して、全部、テーブルの上に置いていた。今の姿は、病院の研修医としての、伊藤学の姿だった。

袖をまくり上げて、左腕を露出している。

右手には赤いフェルトペンを握っていた。一心不乱に、左前腕部に何かを書き込んでいる。熱心に、まめに、一つずつ、丁寧に。

鱗《うろこ》だった。一枚一枚を繋げる細かい作業に没頭している。

それは伊藤学にとって、いつものことであった。ウィッグを纏う。タトゥーシールを貼る。派手な服とアクセサリー。それらは全部、『フェルトペンで腕に鱗を描く』と同意義であり、逆もまた然りである。

平凡なインターンである伊藤学の姿は、そうやって掻き消されていく。

違う自分になっていく。

大切なのは、違う自分になることではない。元の自分を掻き消すことだ。誰にも、誰からも、元の自分を見えないようにしてしまうことこそが大切なのだ。他人に見せるのは、見せたいのは、派手な遊び人風の、不穏な空気を漂わせた伊藤学であり、そして腕に奇妙な鱗の落書きが刻まれた伊藤学だ。

それぞれに共通するものがある。

元の伊藤学にいつでも戻れること。

完全に違う自分になりたいのなら、ウィッグなど被らずに地毛を染めるだろう。伊藤学はピアスの穴すら開けてはいない。身体に模様を描くとしても、タトゥーシールやフェルトペンではなく針を使って、本当に墨を入れたりはしない。

現実と妄想を揺れ動きながら、伊藤学はその双方に、都合良く足を踏み入れることが出来る。

出来ると思っていた。

今の伊藤学の形相は、そんな生やさしい、一時の変身願望を満たす娯楽のような有り様ではなかった。半ば泣きそうな、苦しそうな、そしてそこには怒りもあり苛立ちもある。一心不乱に鱗を描き続ける今の伊藤学に、タトゥーマシンを手渡したら、本当に彫り込むかもしれない。

追い詰められている自分の姿すら伊藤学には分からない。

自分で自分が、見えていない。見ようと思ったって、見えない。

ただ描き込んだ鱗は、しっかりと見えている。ウィッグを被った自分、アクセサリーを身に着け派手な格好をした自分。そしてもう一つ。

伊藤学は地味なインターンである姿も、見えている。

そうじゃない、と思うが、何が『そうじゃない』のか分からない焦燥感を、自傷行為で紛らわせるように、派手な服を身に纏い、或いは腕に鱗を描くのだ。誰に、何を伝えたいのか、自分で自分をどう見せたいのか、それは塗り込めすぎ、筆を重ねすぎた結果、何を描きたかったのかが分からなくなった絵画のようでもあった。

スマートフォンは呼び出し音を鳴らし続けている。

テーブルの上では、水から出された小さな金魚が一匹ぴちぴちと跳ね回っている。1775と対峙《たいじ》したあとに捨てた、依代。今もまた、その金魚は依代として、捨てられていた。

六日目

一

マンションの寝室で、ナナコの隣で目覚めたとき、名越進は胎児の姿をしていない。

日の差し込んでくる寝室と、広く清潔なベッドは、キャロルの中で眠るのとは比べものにならない快適さがあり、深く眠りにつくことが出来た。左にいるナナコは、名越進の腕枕に包まれてまだ眠っている。

ナナコを起こさないよう、左腕をそっと抜いた。右手で、右目を擦《こす》りながら、起こさないように抜いた左手でナナコの頭を支えている。その時に、名越進の左目はナナコの顔を見ていた。

「……？」

眠気が覚めていく。

ナナコの顔しかそこにはない。薄ぼんやりとした、皮膜のように纏《まと》わり付いていたホムンクルスが見えなかった。最初は、ナナコがホムンクルスから解放されたのだと名越進は思った。組長や1775のように解放され、そしてきっと、自分にもあの、のっぺらぼうのホムンクルスが転移しているのだろうと考えて、左目で、自分の身体を見下ろした。

生身の腕が見えた。

左足も、生身の足だ。超合金ロボも、砂も、何も異様な物は見えてはいない。安堵感《あんどかん》よりも不安が名越進の心中を暗く染め上げてくる。あれほど厭《いと》っていたホムンクルスが見えなくなったことに喜べない。喪失感すらあった。

「……見えない、見えない」

目を瞑ってそう喘いだ。夢かもしれない。たまたま見えていないのかもしれない。伊藤学のホムンクルスだって、最初はよく見えなかった。1775の砂のホムンクルスは、彼女がある程度、意図的に出し入れが可能だった。

自身に転移したはずのホムンクルスが見えないことに慌てていた。なくなって欲しいとは思っていた。不気味だからだ。居心地がひどく悪かったからだ。いずれ精神が壊れる可能性さえ示唆されていたのだ。例えば、伊藤学がもう一度手術をし、穴を塞いだ後だというなら、素直に喜べただろう。

何故、見えなくなったのかが、名越進には分からない。分からないことが不安を増大させる。消滅した、消えた、見えなくなった。それならいい。何か他の、別の変化が起きているのではないかと勘ぐった。名越進が何かを疑うのは、久しぶりのことであった。この五日間の経験は、疑おうと思えば幾らでも疑えたはずなのに、そうしなかった。

ホムンクルスが見えるのだという前提を疑わなかった。

その絶対の前提が理由もなく、容易《たやす》く消え失《う》せた今、名越進は素直に喜べない。寄りかかっている柱を失ったような、喪失感があった。いつの間にかホムンクルスというものを心の何処かで受け入れていた。受け入れることで耐えていたとも言える。名越進はホムンクルスの存在そのものに疑いを持たなかったから、正気でいられたとも、言える。

今、見えなくなってしまうと、怯えが最初に来た。

落ち着かず、救いを求めるように寝ているナナコに縋り付く。ナナコさえそこにいれば、もう何も見えなくてもいいと自分に言い聞かせる。かつて失ったものは記憶とともに手の中にあるのだ。僅か五日前に得たモノなどどうだっていい。

そう、自分に言い聞かせながら、ナナコを抱き寄せて、顔をよく見ようと彼女の前髪をかき上げた。

心臓が硬直し、息が止まった。

震える指先で、ナナコの、露出した額にそっと触れる。そこにあるものが何なのか分からなくなって、目だけではなく指を使って触れて、確かめる。全身が震え始めていた。

「……そんな……」

そこにあるのは、丸く切り抜かれた皮膚が、もう一度接合された痕。

他の何物でもないトレパネーションの手術痕だった。

ナナコの額に、自分と同じ傷があり、恐らくは穴も開いている。もう一度触れると、皮の下に微かな凹凸が指先に感じられた。

「……？」

名越進は指を離す。恐慌も混乱も波が引くように治まっていた。指先を、じっと見ている。

もう一度触れた。今度はやや強く押した。痛みで、目を覚ましてしまうかもしれないとは考えていない。今、名越進は違和感の正体を探るのに夢中になっていた。

その好奇心が、不安や恐れを塗りつぶしている。

丸く切られ、縫合された額の皮のその向こう。

名越進に穿たれたのと同じ穴は感触が浅く、穴というよりも、ただのあばたと言っていいほどの状態になっている。

彼女の穴は塞がったのだ。

名越進はベッドから飛び出し、服を着て、ニット帽を被る。

横たわるナナコを最早、見ることもせずに、マンションから息せき切って走り出て、停めてあるキャロルに縋り付くような姿勢で乗り込んでいた。ダッシュボードの上に置きっぱなしにしていたスマートフォンを拾い上げ、電話をかける。

伊藤学は何度コールしても出なかった。

「クッソ……」

キーを回しエンジンをかける。キャロルが急なアクセルの踏み込みによれながら、それでも精一杯の速度で走り始めた。

ハンドルを握りながら、右手の指先で、自分の傷に触れる。

遠慮なしに、強く。

穴は、塞がりかけていた。

長い螺旋階段を苛立たしげに上り、伊藤学のマンションに辿り着いてチャイムを押し、ドアを乱暴に叩くが、反応はない。

「おい！　……俺だ」

ドア脇にある小さな窓に手をかける。鍵はかかっていない。

開いて、怒鳴るように呼びつけたが、返事がない。半ば自棄になってドアノブに手をかけると、そもそも、そこに鍵がかかっていなかった。中にある無数の収集品、資料を思うと、不用心さが気になった。が、気にしている場合ではなかった。

ドアを開け、中に飛びこんだ。周囲をきょろきょろと窺いながら書斎を通り抜け、奥にある手術室の戸を開けて、中も覗き込む。誰もいない。

苛立ちが限界を迎えていた。

書斎に戻ると、部屋中の資料をひっくり返し、片っ端から目を通し始める。ホムンクルスが見えなくなる理由、トレパネーションのその後、そういったものを探すが、なかなか、見つからない。小一時間も探して、幾つかそれらしいものは見つかったが、見つかったところで資料はほぼ読み解けない。

元から、訳の分からない手術なのだ。それに関する資料を読み解くには、名越進にはトレパネーションの基礎教養が圧倒的に不足している。単に、部屋を荒らしているのと変わらなかった。それでも名越進はあさり続ける。

穴が塞がるという事例。探さなければならないのは、それだけだ。

いつ施術されたか分からないナナコはともかく、名越進が穴を開けられたのは五日前である。たった五日で、頭蓋骨に穿たれた穴は塞がるだろうか。勿論、ナナコのようにあばたとまではいかないが、手触りが浅かった。

トレパネーションの術後経過報告。英語の資料だ。読めるが、専門用語が多すぎて、理解が覚束《おぼつか》ない。添付された画像から多くを読み取るしかなかった。

骨自身の回復ではなさそうだった。皮膚からの老廃物などが詰まって、穴を塞いでしまうのだ。エックス線写真で見れば、小さな石ころのような塊が、穴を塞いでしまっているのがよく分かる。

だからか。だから、見えなくなったのか。

決め付けてしまえるほどの確証はない。そもそも穴に何が詰まっていようと、これは名越進が望んだ結果でもある。それがやけに落ち着かない。

違うものを見つけた。

前にも見た、伊藤学の、家族との記念写真。小さな額縁に入れられたその写真は、本棚の隅に、まるで隠すようにして、縦に置かれている。以前は無造作に飾っていたはずの写真だった。

何故、こんなところに移動させた？　見られたくないなら、最初からしまっておけばいい。それとも、名越進が見る見ないではなく、心境の変化。例えば、自分が見たくなくなった、そういう心境だろうか。

「……」

どうでもいいような家族写真を、名越進はじっと見ている。

スマートフォンが着信音を立て、名越進の思考を途切れさせた。慌てて、出る。

「……もしもし！」

「……お久しぶりです」

「お前、今どこにいる？」

「それはこっちの台詞ですよ…人の電話さんざん無視しといて。あ、僕の部屋、荒らさないでくださいよ」

部屋にいるのを、見抜かれている。荒らしている様もだ。監視カメラでも仕込まれているのか、それとも、ただの勘だろうか。思えば鍵がかかっていなかったことも、部屋の中に招き寄せるためだったのかもしれない。

何のためにかは、知らない。今は自分のことなどどうでもよかった。

「……ナナコにトレパネーションしたのはお前だな」

「いやぁ盲点でした。驚きましたよ。まさか彼女とあなたが出くわすなんて……」

「どうして黙っていた？」

「いい質問ですね！　でも、その答えは名越さんには関係ない」

「関係ないわけないだろ！」

自分でも信じられないほどの怒声が湧いた。伊藤学がたじろぐのまで伝わってくる。

「……名越さん、落ち着いてください」

「あ？」

「僕が全部話したらつまらないじゃないですか……今日で六日目……まだ約束の実験は終わっていませんから」

嘲笑うような上からの物言いが、まるで気に入らなかった。

一瞬で苛立ちの沸点に持っていかれるような物言い。怒鳴りたいのを何とか堪えた。

「俺は自分を取り戻した……ホムンクルスの転移も消えた」

張り合うようにそう返した。残念がらせたかったという、幼稚な対抗心だったが、他の言い方は思い浮かばない。

「残念だったな、俺にはもうホムンクルスは見えない、お前の実験も終わりだ」

「ほぉそうですか……それは良かったですね」

伊藤学は動じた風もない。

全てが織り込み済みであるかのような、開き直った態度。もう、名越進にはホムンクルスは見えていない。それがどんな理由にせよだ。伊藤学の管理下でそうなったのではなく、不意の偶然でだ。それは実験の失敗と言い切ったって構わないはずだ。

良かったですねなどと他人事のような口調。

他人ではない。自分と伊藤学は既に他人ではなかったはずだった。

「おかげで僕の実験も半分証明出来たようなものです」

「……証明出来た？」

それなのに何も説明しない。勿体ぶって、名越進を苛つかせ、不安を煽《あお》っている。

「……勿論、あなたにとっては紛れもない事実でしょう。別にそこは否定していませんよ。だって、あなたは愛《いと》しの彼女を救い出し結ばれた。そしてもう、ホムンクルスは見えないんでしょう？」

「お前……何が言いたい？」

「名越さん、この世界は脳が生み出している幻に過ぎないのかもしれません。それが真実だなんて、何処の誰が保証してくれるんでしょうね。それが嘘ではないいなんて」

「知ったことか、さっさと戻ってこい！　この部屋、全部燃やしちまったっていいんだぞ？」

稚拙な恫喝《どうかつ》に、伊藤学が苦笑したのが聞こえてきた。


伊藤学はスマートフォンを耳に当てたまま、歩いている。その姿は、研修医である伊藤学の部分を残したまま、抑えられた派手さに纏まっており、眼鏡もウィッグも着けてはいない。黒髪のまま髪型を変え、アクセサリーやタトゥーシールを配置した姿は、以前の変装、または変身といった、やりすぎとも思えた姿と混ざり合い、ファッションの域に留まっている調和の取れた姿だった。

名越進との会話は続いている。

「燃やすだなんて、そんな。放火は殺人より罪が重いんですよ？　早まらないでください、用事を済ませたら戻りますから」

「お前の用事なんか知るか」

「僕はね、多分、今日……今日という一日で自分の説に、やっと確信が持てそうなんですよ。名越さんのお陰です」

「勝手に終わらせるな、見えているのは俺だ。お前じゃない」

「それはそうですけど……だってほら、ホムンクルスは、あなた自身かもしれないと言ったでしょう？　ホムンクルスはあなたにとって都合のいいことを見せる。……全てはあなた個人の思い込みです。それはもう、言い張った者の勝ちですよ」

「いや。そんなはずはない……俺は確かに見えていた」

「いやいや。この世界は、脳が生み出す都合のいい虚像だってことです」

伊藤学は話しながらマンションを見上げている。

通話先の名越進が焦り、混乱するのを、楽しんですらいる。

その焦燥だ、と伊藤学は思う。名越進に持って欲しかった感情は、怒りでも悲しみでも慈しみでもない。自分が何をどうしていいのか分からないという、焦燥。それは伊藤学の内にある、何年過ぎても消えない感情だ。

だから名越進にも、同じ感情を抱いて欲しかった。

それは実験とは別の意志だ。伊藤学は、名越進のことが好きだった。少なくとも、彼は自分と向き合い、付き合い、そして見てくれたのだから。

好きだと思った人間と同じ場所に立ちたい、立たせたい、それは人間の根本的な欲求でもある。そうでなければ、群れは成せない。群れに必要なのはリーダーではなく、連帯感だ。それさえあれば、二人であっても群れと呼べるのだ。

伊藤学はしばらく立ち止まって、マンションとその向こうの空を見上げていた。

見えているものが虚像だと伊藤学は告げた。

だからここから先も、虚像なのかもしれない。だが伊藤学には別の確証がある。

「あなたのハッピーエンドの世界に水を差すようで気が引けますが……現実の彼女はもうすぐ全部思い出しますよ」

「何を？」

「虚像ではない、本当の世界を」

「本当の世界ってなんだよ。お前何考えてる？」

また歩き出す。伊藤学がマンションのエントランスにさしかかっている。

「……そして辿ってはいけない記憶もあると思い知るかもしれません」

「だから、何が言いたい？」

「名越さん……本当に心当たりはないんですか？　彼女のホムンクルスも見たんでしょう？」

「ああ……見た……赤い服の……」

「でも、それはあなただけの世界です」

「……」

「あなたと違って、彼女はトレパネーションでも何も起こらなかった。それでは実験にならなかったんですが……ここにきて、思いがけない展開を招いてくれました……あなたと出会ったことで」

中にはすぐに入れた。名越進のことなら調べてある。調べた上で、トレパネーションを持ちかけたのだ。だから、このマンションも知っていたし、合鍵すら造ってあった。

いつものことだ。

伊藤学はいつだってそうしている。

ここは伊藤学の住むマンションではない。

名越進が住むマンションだ。放り投げて放置した場所だ。

誰かにトレパネーションを持ちかけるときは、常に調べを欠かさない。金ならあると名越進は自信ありげに言っていたが、同様に伊藤学にも金はあるのだ。恐らくは、名越進の持っているものより、桁が違う金がある。恐らくは、というのは、どれくらいか見当がつかないからだ。伊藤学は大病院勤めとはいえ、研修医に過ぎない収入しか得ていない。

だが父親の金がある。それがどれくらいかは、知らないというだけである。

そこに戻った名越進が、ほぼ記憶と呼べるものを取り戻したことも伊藤学は分かっている。それは、果たして、本当に取り戻した自分と言えるのかどうか。その虚実を定める資格が自分にはあるのだ。

何人に試しただろう、と伊藤学は思う。

二十人は超えている。三十人に近いだろう。みんな、どれもこれも何の変化もなかった。頭蓋骨に穴が開いただけだ。穴を開けられても七十万を貰えるのならそれでいいという人間ばかりを選んできた。勿論、それなりに興味のある人間を探す手間は惜しまなかった。

調査を専門とする会社に調査を依頼し、中には空振りもあり、その中から当たりだと思える選別した人間が二十人以上なのだ。かかった金は二千万を優に超えている。その金額を費やして気にしないほどの貯蓄が、果たして今の名越進にはあるだろうか。

その中でたった一人の成功例が名越進だ。

三十六パーセントとは言えない。出来れば、百人に試したいと伊藤学は思っていた。それが研究者として為すべきフィールドワークだと信じていた。だが、名越進がここで現れたのだ。

統計より優先すべき一つの研究結果がここに出ると、伊藤学は信じていた。

二十人以上の人間の頭蓋骨に穴を開けた自分だからこそ、裁定を下す資格があるのだ。

「……でも、もうあなたにはホムンクルスが見えない。彼女を守ることも出来ない。残念ですが。あなたの脳、それ自体が歪みだったんですね」

言って、容赦なく通話を切る。エレベーターに乗り込んで、上っていく。

名越進の部屋に向かっている。名越進が捨てた、逃げ出した部屋だ。

その部屋の前で、伊藤学はチャイムを押した。

ナナコは、名越進に渡された赤いワンピースを着ていた。

鏡の前で試着してみる。自分に似合うと、そう思った。そんな服を着ている自分に、少し照れた。自分の名前を教えて貰ったことも、嬉しかった。

ナナコ。

呟いて、自分で呼んでみる。いい名前だと思った。

揃っていない前髪から、額の傷が覗いている。丸い、気味の悪い傷跡を見たくなかったから、前髪を揃えて隠した。そうしてしまうと、何もかもなかったことのようになる。何もかもだ。忘れている過去を、記憶を思い出そうと必死になることも、必要ない気がしてくる。

外で、チャイムが鳴った。

ナナコは、ドアを開けに行く。開けた瞬間に、硬直し、引きつった顔になった。

「⁉……えっ……」

そこに伊藤学が立っている。箍の外れたような、歪んだ笑みを浮かべている。

「……伊藤さん……？」

「やはり、あなたでしたか」

その笑顔に恐怖し、ナナコは一歩、後ろに下がった。伊藤学はお構いなしにその分を詰め、室内にずかずかと入ってくる。

「……？」

「ね、『チヒロ』さん……」

「チヒロ……」

伊藤学の背後で、音を立ててドアが閉ざされている。


通話を切られ、名越進は部屋の中で膝を折っていた。気持ちが折れそうだった。

ホムンクルスはもう見えない。だからナナコを助けられない。

どういう意味だと思う。組長を思い出し、1775を思い出す。彼らが救われたのは、名越進にホムンクルスが見えていたからだ。ホムンクルスが見えなくなることで救われるのは、名越進一人だ。だが、あの頭がおかしくなりそうな、転移。相手のホムンクルスを引き受けてしまう、あの光景。拳銃自殺しかねないあの有り様を了解してまで、他人を救いたいとは思わない。

だがそれは今ではないのだ。

ナナコの、のっぺらぼうのホムンクルスは、まだ消えていなかった。放っておいたまま、単に、自分には見えなくなってしまったというだけだ。見えなくなったからといって、消えてしまったわけではないのだ。

ホムンクルスが見えなくなることで、救われるはずだった。全てそれで終わるはずだった。名越進にはナナコもいた。何もかもが、伊藤学の言う通りのハッピーエンドであるはずだった。

だが、もう一度、見えるようにしなければならない。

見えなくなるのは、ナナコのホムンクルスを消してからだ。そうでなければ、自分が救われることはない。ナナコを救う。そして自分も、救うのだ。

伊藤学が何を言っていたのか本当のところでは理解出来ていなかったが、ホムンクルスが見えなくなったから助けられない、という言葉が脳裏を反響している。

さっきひっくり返した資料を見る。

見えなくなる原因の一つが、穴が何らかの理由で塞がってしまうことだ。自然治癒であったり、老廃物の詰まりであったり色々だが、その対策も書かれている。

トレパネーションの拡大再手術。

より効果を増すことを期待して、既に開けた穴を拡大する。もしくは、違う場所にもう一つ開けてしまう。事例では、数ヵ所を開けた者のレポートも混ざっていた。

伊藤学の声が思い起こされる。

……自分で穴開ける奴もいますよ、ほら。

自らの脳天にドリルを突き立てる男の写真。

やるべきことは、これしか浮かばない。

他の方法があるのかもしれないが、考えている時間はないし、その方法を理解出来るかも怪しい。穴を広げる、またはもう一つ開ける。シンプルなやり方しか名越進には、分からない。

パーフォレーター。あの電動ドリルを手術室から持ってきていた。

上着を全部脱ぎ、膝を突いた。鏡の前で、額のガーゼを剝がす。縫い止められた、丸い傷。糸を抜いて、ちまちまと開こうとは思わなかった。鏡を見ながら位置を確かめ、ドリルの先端、ダボ錐を額に当てる。再切開しない方が、却って位置の見当はつけやすい。

傷口の真ん中に当てると、微かな手応えがあり、皮越しに、頭蓋骨に開いた穴に先端が収まるのが分かった。

呼吸が、荒くなっていく。当たり前だ。局所麻酔すらしていない。

歯と同じ、と言っていた。これから名越進は、麻酔なしで歯を抜き、削り落とすのだ。

旋回するドリルの立てる高音が耳障りに鼓膜に突き刺さってくる。

額の皮はあっさりと弾け飛んだ。

太い血の帯が、額から鼻を伝い、顎先から滴り落ちていく。

骨が削られ始め、振動が頭蓋骨を包み込み、意識が飛びそうになる。痛みはそれほど感じなかった。既に開いている穴を、一回り大きくする作業は、一から穴を穿つよりも、容易なのかもしれない。

分かる。イメージとして、額の穴が広げられていくのが、分かる。

金環日食が見えた。月の影が一回り大きくなり太陽を覆い隠し、それは皆既日食となる。そしてまた、太陽が更に広がって、一回り大きくなり、光り輝く輪となって見える。

ハイになっていた。このままどこまでも、ドリルを突き入れてしまいそうになる。

痛みという影を、快楽という光が僅かに上回って円環を描き始めている。

すんでの所で脳膜を突き破らなかった。鉄の克己心で自傷の快楽を打ち捨て、ドリルを止める。血が流れ続けている。右手で、その源泉に触れる。指先を額の穴に押し込むと、また快楽が襲ってくる。脳の鼓動が指先から感じられる。指先でその鼓動に触れていると、全てを忘れていつまでもここに蹲っていられそうだった。

血塗れで、名越進は歪んだ笑みを浮かべていた。

名残惜しく指を離し、鏡に向かい合う。額に穴を開け、血塗れで立ち尽くしている自分を、歪んだ笑顔で観察する。額からの血が、名越進の右目を覆っていく。

「ああっ……」

歓喜の声が漏れた。

名越進の左目が、名越進の全身を見る。

再びその左腕と左足には、超合金ロボと砂の塊が収まっていた。

二

傷の手当てもそこそこに、名越進は上着を無造作に纏い、キャロルで走り続けた。しっかりと止血していないせいで、額から流れる血で白いワイシャツが赤く染まっていた。顔を汚し続ける血を拭い去るのも忘れて、キャロルを走らせ続ける。

これはナナコが乗っていた車だ。

だが出会ったときから、ハンドルを握っていたのはいつも自分だったような気がする。

二人で住んでいたマンションに辿り着き、いつもの場所にキャロルを停めて、車外に転がり出た。血塗れのその姿は交通事故を思わせたが、幸い、他に誰もいなかった。自分の住む部屋まで辿り着き、ドアを開ける。鍵がかかっていないことなど気にも留めていない。

「……ナナコ……」

荒い息の中で名前を絞り出す。ナナコは赤いワンピース姿でベランダにいる。ぼんやりと椅子に腰掛けているようだった。よろよろと、そちらに向かって歩き出す。

……現実の彼女はもうすぐ全部思い出しますよ。本当の世界を。

伊藤学がそう言っていた。右手で右目を隠す。左目がナナコを見る。ナナコの顔はまた、のっぺらぼうに戻っていた。またそのホムンクルスが見えていることに、名越進は酷く安堵した。見えているのなら、どうにだってしてやれる。

組長も、1775も、名越進はそれぞれの身体からホムンクルスを消し去ったのだ。何なら、ナナコののっぺらぼうだって、引き取ってしまっても構わない。

笑顔のまま、ベランダへふらふらと出ていく。

「……ナナコ」

呼びかけた。のっぺらぼうの顔が、少しずつ、目鼻を取り戻していく。ナナコの顔が整えられていく。びくびくとのっぺらぼうの顔が、その表面が痙攣するように蠢いている。

様子がおかしかった。

昨夜のように整っていかない。あと少しどころか、てんでダメだ。全くホムンクルスが捉えられない。見えてはいる。穴を開け直したのだ。それなのに、ナナコの顔が、構築出来ない。まるで違うものになりつつある。

名越進の顔が、次第に恐怖で青ざめていく。

何故なのか、名越進には理解出来ない。だが酷く簡単な理由ではある。

頭蓋骨に穴を開けた血塗れの男が、応急手当もそこそこに立って語りかけてくるのだ。ひょっとしたら、ナナコは受け入れようとしたのかもしれないが、拒絶の方が強く溢れ出てしまっている。拒絶は強く、名越進は相手の中に滑り込めない。

今やのっぺらぼうに浮かび上がっている顔は、目鼻は、全く違う、ナナコではない女の顔であった。まるで見覚えのない顔だ。それが勝手に浮かび上がってきてこちらを、同じように戦《おのの》きながら見据えている。

互いが互いを恐怖していた。

「……誰だ……？　君は誰なんだ？」

ナナコではない、別の顔を浮かび上がらせている女が、錯乱しながら、首を振り、後ずさっていく。

「違う……違う……違う違う違う！」

背中を向けて逃げようとするナナコを、後ろから縋り付くように抱き留める。

離して、とナナコは繰り返す。

血塗れの男に抱きかかえられる嫌悪感だけではなかった。ナナコは完全に、名越進を拒絶し、逃げようとしている。向かい合うのをやめようとしている。

ナナコはもう名越進を見ていなかった。

そのナナコの顔を、強引にこちらに向かせ、右目を閉じて、左目で観察し続けた。

その顔はまたのっぺらぼうになり、そしてナナコになり、知らない誰かの顔になる。

ナナコの顔を繋ぎ止めておけない。

「違う、そうじゃない！　俺は本当の君が見たい。見なきゃダメなんだよ、見なきゃ救ってあげられないんだ、頼むから見せてくれ……なっなっ？」

子供のように哀願する名越進を、ナナコは振りほどこうとする。その相手はナナコであることをやめ違う女の顔になり、そしてまたのっぺらぼうになりと、しきりに明滅を繰り返す壊れた信号機のようになっていた。

「……本当のわたしなんて知らない方がいい！」

「それでも知りたいんだ！　なあ！　ナナコ……ナナコ……」

「……私が殺したの」

「……？　何言って……」

「ナナコさんを殺したのは……私」

のっぺらぼうのホムンクルスが、名越進に語りかけてくる。名越進の脳裏に爪を立ててくる。そこで去来する光景は、名越進の知らない光景だった。覚えているとかいないとか、そういうものではない。知らない車の中で、知らない男女が激しく言い争いをしている。

夫婦だろうか。よく、分からない。何故こんなものが見えたのかも分からない。のっぺらぼうのホムンクルスが自分を侵食し始めている。

「……だから何回も言ったよね？」

ヒステリックな女の声が聞こえる。

「言ったよ！　でもお袋あんな怒ると思わなかったんだよ」

言い返してはいるが、何処か根負けしたような、男の声。ハンドルを握っている。

「何で思わないの？　お義母さんいっつもそうじゃん！　こないだの葬儀のときだって…」

「それとこれとは違うじゃん…」

「違うの？　何が違うの？」

「……うるさいなあ！」

　がなり立てられるのにうんざりしたという風に、男が怒鳴った。女が、その勢いに呑まれて黙り込み、恨みがましい視線だけを送っている。

　二人揃って溜息を吐く。お互いにお互いを倦んでいる。

「…………」

「面倒くさっ」

　投げやりな独り言に、今度は女の方が怒鳴り声を上げ始めた。

「面倒くさいって何！　……もういい！　もう私ここで降りる」

「はっ？」

　シートベルトを外し、走行中の車のドアを開けようとする。流石に、男が制止し、外に出ようとする女の肩を、左手で引き戻す。女が、躍起になってそれに抵抗し始める。

「ちょ、おい！　お前、何してんだよチヒロ、やめろって、お前何してんだ、あっ」

チヒロ。その名前が名越進の脳裏に刻み込まれる。

チヒロと、恐らくはその夫の揉み合いを、名越進は見ていた。今ではなく、過去に。

その光景に見覚えがあった。

ナナコが同じように癇癪《かんしゃく》を起こして、衝動的に飛び出していったのを追いかけたときの記憶が鮮やかに蘇る。それは今、多角的にめまぐるしい視点で再生されていた。

車道に飛び出している、ナナコ。

間に合わない急ブレーキ。

チヒロは助手席から道路に投げ出され、転がった。ナナコは走ってきた車に正面から撥《は》ね飛ばされ、それはボンネットを転がりルーフを越えて、車の後部に落下した。

「……ナナコ」

呟いた名越進の身体は、コントロールを失って横滑りした車体に弾き飛ばされ、路面を転がっていく。自分の有り様を、そのときの状況を、客観視させられていた。

電柱に激突して、フロントバンパーをべっこりとへこませボンネットを歪ませ、大破して、煙を上げながら停まる車。運転席に座っていた男は、チヒロの開けた助手席の扉から血塗れの上半身をはみ出させ、目を開いたまま動かない。

それは衝突の衝撃ではなく、車に振りまわされ、開いていた助手席から放り出されたことによる打撲傷による死であった。ドアが開いていなければ、ひょっとしたら、何ごともなかったかもしれない。少なくとも、死んではいなかっただろう。

傷だらけの身体で、立ち上がることも出来ずにチヒロが、大破した車に近寄っていく。

それが見える。見せられている。

チヒロは途上で、指先に濡れた違和感を感じ取って、身を竦ませて動きを止めた。

倒れて動かない相手が、もう一人。

人形のように脱力し、路面に横たわるナナコの頭部から、大量の出血が見える。

路面を、色濃く赤く塗りつぶし、広がっていくのが見えた。

「ナナコ……」

同じく撥ね飛ばされた自分の声が聞こえる。這いずりながら、ナナコに、そしてチヒロに近寄っていく自分が見える。

「……ナナコ……」

そして互いに、傷だらけで這いつくばりながら、名越進とチヒロの目が合った。

その瞬間、世界が、再生する。マンションのベランダで、名越進は女の顔を両手で抱え込んでいた。

チヒロの顔を。小刻みに震えながら泣いている。

「思い出したくなかった……」

「……いや、いや……」

足りなかった。もっと何かを教えて欲しかった。名越進は脅すように、チヒロの顔を包む手に力を込めて揺さぶった。そしてその震える顔を、左目で見た。のっぺらぼうのホムンクルスはまた明滅し、二人の女の顔を交互に浮かび上がらせている。

だがそれは、しばらく見ているとやがて収束していく。

ナナコの顔に収まっていく。

「……！」

また脳に侵食されている。目の前の光景が見えなくなり、名越進は過去に飛ぶ。

そこにある記憶のど真ん中に放り出されていく。

高級ホテルのバーでカウンターに一人座る、赤いワンピースの女。

ナナコが自分を見ている。過去の自分が、その視線に気付いて反応している。

名刺にボールペンで書かれた『ナナコ』の文字。

ナナコが、告げる。

……あなた、からっぽね。

そして地下駐車場。マツダ・キャロルの車内から、ナナコが降りてくる。

そこから、二人は始まった。懐かしくて温かい記憶だ。次々に、ナナコと過ごした記憶が脳裏に浮かび上がってくる。二人で暮らしていたマンションのベランダで、肩を並べ、空を見上げている記憶。闇に浮かぶ太陽。

「ねえ、ちょっと来て。金環日食始まるよ」

ナナコに呼びかけられて、名越進がその傍に立つ。空を二人で見上げていた。ナナコは、お気に入りの赤いワンピースを纏っていた。記憶にあるナナコは、いつもその服を着ていた。

「あぁ……今日だったか」

「うん」

金環日食を二人で見上げていた。月の影が、太陽を侵食していく。それはやがてきれいに重なり金環を描く。

「重なるよ」

「うん、来るね」

「見てみて」

ナナコがはしゃいで、指から指輪を外している。それを空に翳し、金環日食の形に合わせている。太陽が月の影に覆われ、それでも縁から、光を放ち続けている。指輪のような形をした太陽が木漏れ日を放ち、周囲の暗闇を薄く照らし出していた。

そしてまた、現実が現れる。

両手の中に抱えこまれた、女の顔。チヒロの顔。

「私は……ナナコさんじゃない……」

止まらない嗚咽《おえつ》の中で、途切れ途切れに声を絞り出している。このまま、二人揃って息絶えるほどに、お互いの呼吸が苦しくなっていた。のっぺらぼうのホムンクルスが、互いの記憶を交錯させ、魂を削り落とし続けている。呼吸が止まりそうになる。

絶え絶えの呼吸の中、名越進は、チヒロの前髪を掻き分けた。その向こうにある丸い傷跡を見る。手で触れる。そしてそっと、自分の額とその傷を重ね合わせた。

二人とも、目を閉じた。

脳の鼓動が交錯する。同じく、トレパネーションを施された者同士が、お互いの傷跡を重ね合わせ、互いに入り込み侵食し合う。

頭蓋骨に開いた穴を、ナナコが覗き込んでいた。

その目つきは病み、そして怒りを含み、何処か悲しげにも思えた。

会話が、聞こえる。自分とナナコの会話。

「……ナナコ、どうしたの？」

「触らないで」

マンションの部屋は、酷く散らかっていた。片付けられていない。そしてナナコが癇癪を起こしてまき散らした。部屋の中で肩を怒らせて泣き叫ぶナナコは、とても頼りなく見えた。ホテルのバーで、名越進に冷たく、からっぽと告げたときのナナコはもう残っておらず、ただただ弱々しく思えた。

泣いて、暴れていた。子供のような駄々をこねる口調で、物を投げつけてくる。

「……ちょっとナナコ、落ち着いて……」

「わたしのことちゃんと見てた？」

泣きながらそう言われても、何も言えない。ただ聞いているしかない。

見ていた。ずっと見ていたはずだった。その心算だった。なのにナナコは、泣きながら問い詰めてくる。そして幾ら問い詰めても分からないという顔をする名越進に、絶望したような視線を投げかける。

「……あなたは変わらないのね……わたしが死んでもきっと泣かない。変わらない」

縋り付き、そして泣き喚く。名越進にはそれでも、返す言葉がない。

「……」

「結局、からっぽじゃん」

からっぽではないと信じたかったのは、名越進ではなく、ナナコの方だった。自分の愛した相手が、きっと変わってくれると信じていた。それなのに、応えられなかった。自分が何に気付いていなかったのか、何を見ていなかったのか、漸《ようや》く、今ここで悟ることが出来た。

母子手帳。

流産の通知。流産手術後の生活と注意事項。

頭を抱え、呻く。言葉が、何も出てこない。部屋を飛び出していったナナコを、必死になって追いかけていく。泣き疲れてぼんやりと歩いているナナコに追いついて、声をかけるが、ナナコは走って逃げ出していた。

「ナナコ！」

「やめて」

「ナナコ！　ちゃんと話ししよう」

「離して」

揉み合いになり、逃げようとするナナコを、捕らえようとする。それでもナナコは逃げようとした。必死の力で、両手を振り払い、駆け出して、道路の上へ。

「……ナナコ、おい！　ナナコ！」

そして急ブレーキの強烈なスキッド音とともに、車が走り込んでくる。

弾き飛ばされた名越進は、路面を這いずりながら、血塗れで横たわるナナコの方へと近寄っていく。その遺体に縋り付いている。もう決して動かないことを悟っていながら、ナナコの名前を呼び続ける。

目を上げた。

そこにチヒロの顔がある。

二人の目線が再び絡み合い、そして互いの顔を見る。

頭蓋骨に開いた互いの穴を通して、全ての波長が重なっていく。重なって、消えていく。丸い、金環が輝いている。

額を、離した。

生身のまま二人で見つめ合っていた。

「……ずっと謝りたかった……あなたに……ごめんなさい……」

素の言葉。

ナナコではなくチヒロの言葉だ。顔が、もう、ナナコにならない。

動かせない。もう、手も足も出ない。チヒロのホムンクルスが名越進の首をゆっくりと締め付けてくるような錯覚。そしてその息苦しさは現実のものである。

……この世界は脳が生み出す都合のいい虚像に過ぎないのかもしれません……。

伊藤学の言葉。電話口で、そう言われた。

では今のこれは何だ？　現実か、虚像か、真実か否か。

虚像の押し付け合いに競り負けてしまえば、勝った方が真実となる。

互いを確認するように、ずっと二人は見つめ合っている。

震えながら、涙目で、視線を交換し合っている。

チヒロは分かっていない。のっぺらぼうの、自分のホムンクルスが、名越進の押しつけてきた虚像を砕いたことを。だが名越進は自覚していた。

自分は負けたのだと。

圧倒的な『現実』となって虚像が押し寄せてくる。抵抗出来なかった。

超合金ロボも、記号の集積体である『砂』のホムンクルスも退けてきた。相手のトラウマを突き続け、名越進は自分の檻《おり》から一歩も出ずにそうしてきた。相手に、自分を悟られなかったからだ。頭蓋骨に穴が開いているのは、自分だけだった。

チヒロは違う。塞がっているとしても、僅かな残り火を巨大な炎にしてしまえる。それは唯一、名越進が相手のときだけに燃えさかる業火だった。名越進が失っていた記憶に、密接に絡まっていた存在がチヒロであった。

抵抗が出来なかった。する気も、起きなかった。

力が抜けていく。楽になっていく。もう何かに抵抗したいとは思わなくなっていく。

組長や1775もこうだったのだろうかと、名越進は思う。これは、偽りの安息だとも分かっているが、何が偽りで何が現実なのかを見極められなくなっている。

「……君の……名前は？」

名越進が、諦観と共にそう訊いた。

心地よい絶望が広がっていた。振りほどきたかったが、無理だった。

このまま身を任せていれば、それでいいと思った。

「チヒロ」

彼女はそう応えた。だからそれでいいと思った。

「……チヒロ」

それで全ての力を奪われたように、チヒロを膝を折り、気を失っていた。

名越進の左目が、チヒロの顔を見下ろしている。

のっぺらぼうのホムンクルスは、もう何処にも見えなかった。

三

チヒロの身体を運んできて、ベッドに横たえた。

横たえてから、名越進はリビングへと戻ってくる。伊藤学が、椅子に座って、楽しそうな笑みを浮かべているのを睨み付けたが、相手は意にも介さない。

「あっはは、やあ名越さん、お見事です。まさか加害者の彼女まで救ってしまうなんて……完全に想定外でした」

「……」

そう見えたのか？　そう問い返したかったが、言葉が出てこなかった。

名越進の虚像が砕け散り、そしてチヒロの虚像が塗りつぶした。敗北したのは、救われたのは、名越進の方だ。だが伊藤学は何一つ気付いてはいない。組長のときのように、そして1775のときのように、名越進はチヒロを救ったのだと、そう思っているに違いなかった。

「……でもですよ？　目の前の彼女を愛してると言えますか？　今、名越さんの中にある感情はナナコさんに対しての気持ちですよね？　それも僕の実験がたまたま道を逸れて、勘違いが生んだ、ただの虚構に過ぎないんですよ！」

感情とは何だ？　俺がどんな感情を抱いているのかお前に分かるのか？

気持ちが、どうしたというのだ。

伊藤学には何も見えていない。勘違いが生んだ虚構。そう言いたいなら、それでいいのかもしれない。だが名越進は、自らもう一度、頭蓋骨に穴を穿ってでも彼女を助けたいと思ったのだ。それも、勘違いの虚構、虚像と伊藤学は言いたいのだろうか。

「……」

「それこそ……傷のなめ合いじゃないですか？　他人に自分を重ねて酔ってるだけ。

……あなたはそれでいいんですか？　チヒロさんのホムンクルスまで転移されていますよ、きっと。……化け物と心中する気はないんですよね？」

饒舌《じょうぜつ》に、伊藤学はまくし立てる。饒舌になればなるほど、名越進の目には、ひどく薄っぺらく軽く、そして何もないからっぽに見えた。伊藤学は他人を見ているだけだというのが、はっきりと分かる。ホムンクルスなど見なくたって、分かる。

名越進は、人の値段を算出する方程式を知っているのだ。

「……なあ、お前は何をそんなムキになってるんだ？　それほど必死になって、お前は俺の何を否定したい？」

伊藤学が話すのをやめた。じっと、名越進の目を見ている。まだ薄ら笑いは消えていない。

「……」

「自分と他人との繋がり、それがホムンクルスなんだろ」

「いや、だから、いつまで夢見てるんですか」

嘲笑が収まらない。だが名越進は、一切それを気にしない。

「夢か。俺もずっと夢を見ていたかったけどな。キャロルの中で。記憶がなかったのは、俺はそれを忘れるために、夢を見ようとしていたんだ。じっとあの車内で丸まって」

胎児のように。

欠損した記憶を埋めるための夢を見ようと、胎児からやりなおして自分の人生すら塗り直してしまいたかった。

この六日間が、その夢だったのかと思う。

自分はまだ、キャロルの車内で、胎児のように丸まりながら、夢を見ているのではないのだろうかとも思い、それを否定する。自分は、目覚めている。名越進を叩き起こしたのは伊藤学ではない。チヒロだ。

欠損した記憶を埋め直してくれた。

名越進はチヒロを見て、チヒロは名越進を見ていたのだ。

互いを見る。そんな簡単なことすら、かつての名越進には出来なかった。

「……見てくれって言ってたよな？　いいぜ、今から、見てやるよ、お前のことを」

名越進は右手を持ち上げて、左目を隠した。

名越進の右目が、伊藤学の全身を見る。

伊藤学がきょとんとした顔をして、その仕草を見守っていた。

「……何してるんですか名越さん？　隠す目、違うでしょう、そっちじゃなくて……」

「こっちでいいんだ。俺はホムンクルスなんか見なくたって、お前のことなんか分かる」

　右目で見ようと左目で見ようと、本来、何の意味もない。頭蓋骨に穴が開いていようと、それは変わらない。チヒロだって、ホムンクルスが見えていたわけではないだろう。それは感覚であり、理論であり、そして記憶であり想像であり、そして方程式でもある。

　幾多の感覚を使って人間は物事を識《し》ろうとする。

　伊藤学自身が言っていたことだ。ペンフィールドのホムンクルス像の歪さは、他人を識ろうとする人間の歪さそのものだ。

　左目を隠した歪さが、伊藤学の像を見る。

　そこにホムンクルスはない。ただ、薄っぺらくてからっぽな人間が立っているだけだ。脳が激しく明滅し、命の値段を方程式からはじき出していく。

「……伊藤。お前、自分の価値、幾らだと思う？」

「は？　何ですかいきなり？　価値？　なんのことですか？」

「難しいことなんか訊いてないんだ。金だよ、金。キンガク。値札だよ、お前の」

「……僕の貯金なんか訊いてどうしたいんですか」

「そうじゃねえよ。……凄いな、計算が、追いつかない。いつもはざくっとやっちまえるんだ。こりゃ、凄い」

名越進が感嘆している。

ホームレスに年齢を訊いた。収入を、持病を、生活習慣を訊いた。それらを入れていけば、方程式が大体の『命の値段』を算出する。人に値段なんか付けるもんじゃないと怒鳴られたのも、そんなことは分かっていた。これは酷く残酷で、他人の尊厳を踏みにじる行為だ。

何千万、あるいは何億、そういう値段を出すときに重要なのが、それは『時価』であるということだ。同じ人間でも時とともに値段は乱高下する。端的に言えば、それらの数字は『今すぐに死んだ場合』の値段なのだ。

「こりゃいいや。俺が保険やってたときにこうなってたら、調査費用が全額浮いたな。……お前のことがばんばん出てくるよ」

「ふざけないでくださいよ、ホムンクルスなんでしょう？　右目でも見えている、ただそれだけのことでしょう？」

「違うよ。……数字しか見えない。俺は、数字から物事を類推する仕事をしていたんだ。向いていたと思うよ、俺にはそういう才能があったって。だからまああ、出世もしたんだ」

　そして名越進は、いつしか数字しか見えなくなっていた。数字を起点にしか世の中を見られなくなっていた。そんな名越進を、かつてナナコは、からっぽと称したのだ。それは中央公園でホームレスに罵られたこととさして違いはないが、より深く、踏み込んだ言葉だった。

「……お前、からっぽどころの騒ぎじゃないな、マイナスが億超えたぞ、まだ下がる」

「だから何だっていうんですか、それだって言っているだけでしょう？　僕の値札がどう下がろうと、そんなもの名越さんの妄想と決めつけでしょう、ばかばかしい！」

「俺もばかばかしいと思うよ、お前のこと。……マイナスがたまに反転するんだ、なんでか分かるよな？　お前の親父さんだよ、お前の背景だよ」

「父は関係ないでしょう」

「あるよ。というかそれが大事なんだよ、借金するのに親族の名前書かないなんて莫迦《ばか》なことあるか？」

「借金ってなんですか、僕は……」

「お前さんの人生、借金まみれだな。自分で何か稼いだことないだろ？　お前には生産性がない。よく分かるよ、こうやって、片目を隠すと、何もかも分かる」

「……いい加減にしてくれませんか？　ええ、そうですとも。僕は父の財布で暮らしているんです。ボンボンだって最初に言ったじゃないですか、自覚してないとでも思ったんですか？　そんな言葉で僕に……」

「お前、親父さんに捨てられるな」

伊藤学が黙った。その顔から汗が噴き出し始めた。方程式からはじき出されるマイナスがたまに反転しゼロにまで戻るが、それもすぐにまたマイナスになり、今ではえんえんとマイナスだけが増え続けている。

「……何の心算でこんな真似してんのか、まあ分からないでもないけどな。怪奇現象だか心霊だか超感覚だかなんだかを否定したいとかなんとか、研究目的ですみたいなこと言って求道者ヅラしてたみたいだけど、お前がやっていることは全部、無意味だ。からっぽだ。それどころか底なしの井戸だ。何かおかしなバケモンが出てきたって不思議じゃないくらい、底が見えないマイナスだよ」

「……」

伊藤学は何も言えなくなっている。他人が聞けば、ただボンボンの身分を揶揄《やゆ》しているだけのことに思えるだろう。だが伊藤学にとってはそうではない。名越進がそれを言うからだ。名越進は既に他人ではないからだ。

同じ地平に立っている相手であるが故に動揺する。

同一視していた人間からの一撃だ。

お前は父親に捨てられる。

その言葉が深々と、まるで無防備な背後から刃物を突き立てられたように深く、伊藤学を刺し貫いている。今死ねばという算出方法なら抵抗も出来るが、それは死ななかった場合の判断だ。これからも生きていくという上での、マイナスだ。

何人にトレパネーションを施しただろう。三十人に近い。

無免許医による危険な施術を、その人数に。大病院のボンボンが。

伊藤学の肌から噴き出す汗が止まらない。今、名越進はホムンクルスを見ていない。数字と、言葉で、伊藤学の中に現実を吹き込んでいる。数字は決して嘘を吐かない。虚構などあり得ない。だからこそ残酷なのだ。曖昧なものが全くないのであるから、抵抗する余地もない。

そして何より、繋がりが感じられない。

自分と他人の繋がりだ。それがホムンクルスだ。伊藤学が名越進に求めていたものは冷徹で正確な数字などではなかった。

「もういいでしょう？　もう、いいでしょう！　気が済みましたか！　僕の薄っぺらい、しょうもない、僕自身を見て何か分かったんですか⁉　金額だけでしょう、そんなものは！　僕が見て欲しいのは、そんなものじゃないんですよ！」

「……震えたな？」

「えっ……？」

「だめだよ、俺の癖を教えてくれたくせに、見落としたら。お望み通り、今度はちゃんと見てやるよ」

名越進の左口角がさっきから引き攣っていることに、今更、伊藤学は気がついた。もう、遅い。伊藤学は動揺し、そして、震えたのだ。

名越進の右手は左目から離れ、右目を隠している。左の口角が引き攣るのをやめていた。

左目と右目のスイッチなど本来は意味はないと、伊藤学自身が分かっていたはずだ。だがその行為に震えたのは、伊藤学が名越進を知りすぎていたからだ。調べたからだ。合鍵までも用意して、ホームレスになる以前の生活、そうなった原因、調べられることは調べ上げている。だからあっさり震えた。

幽霊という存在を知らない者は幽霊を怖がったりはしない。

これはホムンクルス云々《うんぬん》ではなく、ただ言葉を交わすやりとりに等しい。

その動揺が、主導権を握る鍵なのだと名越進は分かっている。

名越進の左目が、伊藤学の全身を見る。

震えた伊藤学の持つホムンクルスからは、丸裸にされた生の感情と記憶があっさりと流れ込んでくる。

「水だよ。……お前な、水で出来てんだよ」

「……水ってだから、それは……」

「こいつは右目を隠したことによる錯覚か？　俺が勝手にそう見ているだけか？

そういえば右目の見えない霊能者が、何だって？」

「何を本気にしているんですか、あんなの冗談ですよ。名越さんの意識をコントロールしたかっただけで、本来、そんな行為には何の意味もないんですよ。あの、中華料理店のときに話していたとしたって、僕はそんな、もっともらしい話をしたでしょうね。暗示と、刷り込みによって、あなたの思い込みを強化した。ただ、それだけのことです！」

「信じただろうな。伊藤は、俺と違って口の端っこが引き攣ったりしないからな。……じゃあ今度は、俺の思い込みと錯覚を、これから話してやる。お前は、数字の話が聞きたくないみたいだしな」

伊藤学が息を呑む。喉が大きく、動いているのが、ホムンクルス越しにも分かる。透明な、人型の水槽の中には、小さな泡が浮かんでいた。

「お前はさ、まあ、パッと見は透明人間だ……でもなあ、動揺すると、泡が出てくるんだ」

泡が浮かぶと、伊藤学のホムンクルスは、輪郭をはっきりと際立たせてしまう。さっきからずっと、水泡は間断なく湧き出している。水槽に酸素を送るエアーポンプのように激しさを増していく。

「おっ、ほらっ、早速出てきた。おっ、そっちも。……ああ、そこもだ。すっかり動揺しているみたいだな。あんな数字の話なんてただのハッタリなんだけどな」

また口角が引き攣っている。それはただの苦笑にも見えた。

弄《もてあそ》ばれていることに伊藤学は気付かない。

自分が今まで他人をそうしてきた自覚がない。だから、自分がそうされても分からない。ただただ不安と恐怖ばかりが押し寄せてくる。

「いやっ、だから……！」

にじり寄りながら指摘してくるさまに、慌てて立ち上がり、逃げ腰になる。圧倒されていた。

「だから、そんなもの虚像にすぎないって言ってるじゃないですか！」

「虚像かもな。それとも錯覚か？　どっちだっていい。漸く、お前が見えてきた」

水槽のホムンクルスに、伊藤学の顔が浮かんでくる。じっと、それを、名越進の左目が見ている。

「……ん？　違うな……」

「なっ何がです？」

「お前じゃないな……お前に似ている……」

ホムンクルスに浮かぶ顔が、更に輪郭を際立たせる。その過程で口ひげが蓄えられ、眼鏡がかけられていく。今の伊藤学よりも年嵩《としかさ》の男。

「……これは……ああ、そうか」

しまい込まれていた、家族写真を思い出す。伊藤学の、無表情な少年時代。そしてその傍らに立っている、口ひげと眼鏡の男性。

「……父親だ。はは、お前の中にいる、心の拠り所だな？　中に抱え込んじまってたのか」

「……！」

目を見開いて、伊藤学が硬直し、そして背中を向けて逃走しようとする。素早く、名越進の左手がその肩を捕らえた。

超合金ロボの左手が、伊藤学のホムンクルスを捕まえている。

「逃げるなよ、もうちょっと見たい」

左足で、足を払った。

砂の塊が水槽のホムンクルスに絡みつき、転倒させる。前のめりに床に突っ伏した伊藤学を、上から、超合金ロボの左手が押さえつけて締め上げ、砂の塊がするすると入り込んでいく。

「おっ……もっと見えてきた……こんなところに、何かいる……」

ホムンクルスの首の後ろ辺りに、小さな金魚が泳いでいた。その口先が、水槽の壁を突いている。水泡がますます激しくなる中、金魚は器用に泳いで水泡を避けながら、また水槽の壁を突き続ける。

生身の、伊藤学の肌に、金魚に突かれた場所が斑点を浮かび上がらせていた。

「こんなところに隠れてたのか、金魚。飼ってたのか？」

「……小さい頃に飼ってました。あの人の唯一の趣味だったたん……」

あの人。父親だろう。訊いてもいないことを話し始めている。

左手で、伊藤学のホムンクルスの左腕を思い切り握りしめた。伊藤学が悲鳴を上げる。泣き顔になっている。

「伊藤。……お前この金魚、かわいがってたのか？」

「何の質問ですか、だからその金魚は僕じゃなくて、あの人が……」

「今この金魚どうしてる？」

「……」

「父親は、金魚とお前、どっちをかわいがってた？」

黙りこくっている伊藤学のホムンクルスに、砂の塊が流れ込んでいく。水槽の中が見る間に濁っていった。金魚が酸欠に喘ぐと、伊藤学の顔も蒼白《そうはく》になっていった。

砂の混ざった内圧に耐えられなくなったように、水槽の額部分に小さな亀裂が、音を立てて入る。そこから水が噴き出していく。

金魚が、流れ出す水に乗せられて、頭部へ移動してくる。痙攣しながら、それでもまだ水槽の中に留まろうと回転し始める。やがて左目の部分で、金魚は一旦落ち着いた。名越進が、砂で締め上げるのを止めたからだ。

這々《ほうほう》の体《てい》といった感じで、痙攣し続ける金魚が、左目に留まっている。水槽の縁に湾曲した金魚の目が大映しになり、それはホムンクルスの顔、父親の左目と重なって、瞬《まばた》きをすると見えなくなってしまう。

「左目が消えたな。どういうこった？」

「知りませんよ、離してください、離し……」

「じゃあ俺の妄想に過ぎないことを考えてやる。そうだな。……目がない……見えない……見て、くれない……？」

「……！」

水泡が無数に湧き上がり、砂を通して名越進の体内に流れ込んでくる。酷く弱い侵食だ。侵食する意志すら、感じられない。今まで見てきた三体のホムンクルスと比べれば、他人へのアプローチが最も脆弱《ぜいじゃく》だった。

むしろ、縋り付くような。

伊藤学の住む家が見える。まだ少年の、あの家族写真に写っていたままの、伊藤学が見える。父親もいた。父親は水槽の金魚に、愛おしげに餌を与えていて、少年の伊藤学は、その背中をじっと見つめている。

テストの答案を誇らしげに見せる、伊藤学。父親は見向きもせず、金魚を世話している。

伊藤学が自室で、勉強道具を広げたまま、勉強もせずに落書きをしている。まくり上げた袖の下、自分の腕に、蛍光ペンで、一心不乱に鱗を描いている。冷たい、親が息子に見せる顔とは思えない父親の顔が浮かぶ。鱗を描いている自分の息子に嫌悪感を露骨に示していた。

伊藤学は金魚を見つめている。どす黒い感情のうねりが、名越進にもはっきりと伝わってきていた。

金魚鉢を、押した。あっさりとそれは床に落ち、粉々に砕け散った。水のまき散らされた床の上で、ガラスに塗れて血だらけになった金魚が、びくびくと痙攣を繰り返している。

生身の伊藤学は、床の上で息を詰まらせている。過呼吸状態になり、甲高い呼気が苦しげに、唇と喉をいったりきたりして、肺の動きがまともに取れない。背中越しに、超合金ロボの左腕が、水槽の肺部分を圧迫している。

ホムンクルスの全身に罅が入った。

伊藤学が突き落とした金魚鉢のように砕け散った。

「……僕を見て。見てほしいのに、見てもらえない……」

窒息寸前にまで追い込んでから、名越進は、伊藤学を解放する。むせかえりながら、伊藤学は床の上に蹲っている。

「これは俺の勝手な妄想か？　虚構に過ぎないか？　伊藤」

「名越さん……もっと、僕を……ちゃんと見てください！」

声を吐き出して、名越進の足にしがみ付く。

「お願いします！」

名越進の左目は、伊藤学を見下ろしている。

「ホムンクルスは消えたよ」

「嘘だ！　だって僕は、何も救われていない」

本人が救われればホムンクルスは消える。伊藤学はそう思っていた。

名越進の左口角が引き攣っている。

その通り、嘘だ。なくなってなどいない。伊藤学は左目で見れば、人の形をした水槽だ。そしてその中にいる金魚が藻搔き苦しみながら、ストレスを発散するように、水槽の壁を激しく突き回っている。

伊藤学の全身に、また斑点が浮かび上がっていた。その斑点は見る間に繋がり、線となって楕円を刻み始める。その肌には、赤い鱗模様が描かれ、覆い尽くしている。

もう捨てるための依代はない。

名越進は、外見ではなく、伊藤学の中を見たのだ。くまなく、丹念に、全てを。

「……助けてください……僕を見られるのは、あなただけです……やっと見つけたのに……あなたじゃ……あなたじゃなきゃダメなんだ」

自身の鱗模様にも気付かず、伊藤学は哀願していた。自分では、捨てられない。名越進に引き取って貰わなければ、このホムンクルスは消えないのだ。

「……ホムンクルス自体は、問題じゃないんだよ」

右目を開けて、左右の目で、名越進は哀れみの視線を向けている。

何だったら抱え込んで生きていけばいい。新宿の路上で見た、あの無数のホムンクルス。彼らは自身のコンプレックスやトラウマを強く抱えているのかもしれないが、それでも生きている。人生を楽しんですらいるだろう。

ホムンクルス自体に問題があるわけではない。

それを持つ者は多少の生きづらさを、持たない者より抱え込んでいるというだけである。

伊藤学が自ら言っていたではないか。

人と人との繋がりがホムンクルスなのだと。記憶に刺さった棘《とげ》があるから、それを起点に動いていくことだって、可能なのだ。ただその棘がいつまでも痛み、いつまでも目障りで、だからこそ苦しみの過程で人との繋がりが出来ていく。罪悪感から小指を切り落とすことも、親に対する嫌悪感から来る性の暴走も、そうだ。

名越進は、その、起点となる棘、記憶を、丸ごと見えなくしてしまったのだ。チヒロのホムンクルスを侵食してまで、その棘を隠すことに、躍起になっていた。

名越進は全てを受け入れている。

かつて、からっぽと言われたときに何故あれほど衝撃を受けたのか、今なら分かる。

それが本当の自分だからだ。虚構も虚飾も剝ぎ取ってしまえば、そこには何もないと見抜かれたからだ。それは名越進が自覚していながら気付かないふりをしていた、それでいて周囲に持ち上げられるときに感じる居心地の悪い虚《むな》しさだった。

思えば、あのときも、名越進はナナコに縋ったのだ。もっと自分を見てくれとせがんだのだ。

その切っ掛けが、名越進とナナコを結びつけた。だが名越進は、抵抗し続けた。受け入れなかった。だからナナコは死んだのだ。自分の中にはもっとあるのだと足掻いて悶えて、名越進は決して、他人を受け入れようとしなかった。見てくれていたナナコですらだ。

伊藤学も、受け入れてしまえばいい。

抵抗して他人の頭蓋骨に穴など開けて、自分を見てもらう必要などない。

「……俺もお前も、見て欲しいばかりで、相手をちゃんと見ようとしなかった。相手を見れば、そこに世界が出来る」

かたかたと奥歯を鳴らして、伊藤学は震えている。

何度もえずいてから、漸く、言葉を吐き出した。

「……名越さん、左の口角、上がってますよ」

そして血走った目で下から睨み付けてくる。

「嘘を言わないでください、おためごかしで、僕を騙そうなんて思わないでください。ホムンクルスが問題じゃない？　何を言いだすかと思えば、ふざけたことを言わないでくださいよ。最初から！　最後まで！　ホムンクルスが問題なんじゃないですか！　僕は、そんなもの否定したかった。ただの虚構で妄想で、それをちゃんと知りたいって言っているんです。なんで今頃、そんな戯言《ざれごと》が言えるんですか！　名越さんにあって、僕にも、他の誰にも、そんなものは見えないんです！　虚構！　虚像！　それが……それが一番大事なんじゃないですか！」

泣き崩れた。

どんなにおためごかしと分かっていても、それはいい。

ここで丸め込むように拒絶されたことが我慢ならなかった。伊藤学にも、他の誰にも見えないホムンクルスを虚像で、虚構で、妄想で、都合よく脳内で組み直しているだけだと言い切ってみても、それらは相手の強度を試しているに過ぎない。

超感覚も霊能力も、伊藤学は否定してきた。

その存在を信じるためにだ。

信じたいからこそ、その強度を試すのだ。他人の頭蓋骨に穴を開けてまでも、むしろそこまでしなければ、伊藤学は自分で自分が信用出来ない。名越進の毎日の報告に浮かれ舞い上がりながら、今回こそは真実を摑んだと思いながら、伊藤学は最後に試した。

その結果、名越進に拒絶されると半ば悟りながらだ。

他人の言葉、他人の態度、自分に接する言葉と態度。それら全てを、これまでの人生で伊藤学は試し続けてきた。どれだけ他人に受け入れられようと、何度も叩かなければ強度が信用出来ないのだ。

　父が見てくれなかった。

　どんなことをしたって、父は自分の息子よりも金魚に夢中だった。それが何故なのかなど、今なら幾らでも類推し、理解し、諦めることだって出来ただろう。受け入れることだって、きっと出来たのだろう。

　幼い頃に抱いた世界への不信感は、根深く伊藤学の心を侵食し、今もなお消えてはいなかった。それだけ疑い、試し、叩きのめしてやっと現れた名越進の心ない空虚な言葉は、幼い頃に見た父の態度よりも冷酷で残忍だった。

「……お願いします、そんな嘘だけは、やめてください……僕を、見捨てないでください！」

　縋られても、名越進は答える言葉が浮かばない。

　名越進の左目には、ずっと伊藤学のホムンクルスが見えていた。それは消えずに、そこにある。だからいつものように、馴れた仕草で、名越進はそのホムンクルスをいないそうとした。

　しくじったのは、忌々《いまいま》しい自分の癖だ。一撃で嘘がばれてしまう。

その癖に気付いているのは、伊藤学だけだ。ナナコでさえ気がついていなかったかもしれない。少なくとも指摘してきたのは、一人だけなのだ。だから、やり方を間違えてしまった。

「……伊藤。俺は本来、お前に何の借りもない。金だって受け取っちゃいない。このまま、警察に飛びこんで、インターンが俺を騙して頭蓋骨に穴を開けましたって供述したっていいんだ。刑務所の中にいりゃ、お前の頭も醒めるかもしれない」

「……名越さんがそうしたいって言うなら、それで……」

名越進の口角は元に戻り、代わりに苦笑が浮かんできた。その微笑みを突きつけられて、伊藤学はまた、震えた。震える仕草に、苦笑を重ねた。

「やらねえよ、バカ。俺はお前に、ホムンクルスを見る力を授けて貰ったんだからな」

「じゃ、じゃあ……？」

「お前とはこれっきりだ。このマンションも引き払う。俺はチヒロと一緒に出て行く。だけどなあ……俺がチヒロと出会えたのも、伊藤、お前のその、トラウマが結びつけた縁なんだ、お前の言う通り、ホムンクルスは人と人との繋がりだよ。だから、今から言うことは、俺の心からのアドバイスだ。それが嘘じゃないってのは、見りゃ分かるんだろ？」

伊藤学が、震えながら、何も言えずにいる。

名越進の言葉を待っている。

下から見上げてくる視線を上から見下ろしながら、名越進は指先で、伊藤学の額に触れる。

「……だったらお前も自分で、ここに穴開けろ。簡単だったぜ？」

伊藤学が泣き始めた。身を丸め、膝を抱え、胎児のような姿勢となってむせび泣いている。いつまでも泣き続けている。

名越進は、伊藤学を、そっと抱きしめてやった。ほんの手向けのようなものだ。情けをかけたとでも言えるだろう。

それは父親が、泣いている我が子にするような仕草だった。

七日目

七日目の早朝、マンション内にはモーターの高速回転する甲高い音が響き渡っていた。

急速に回転するダボ錐が、頭蓋骨を穿つ音が続き、そして、止まった。

しばらくは、しんと静まりかえっていたが、やがて、部屋の扉が開き、ふらふらと頼りない足取りで人影が吐き出される。平衡感覚がおかしくなったように、あちこちに身を投げ出す動きで、その男は螺旋階段を上へ上へと登っていくのだ。

やがて屋上に辿り着き、フェンスにもたれ掛かり、漸く、止まった。

伊藤学である。

その額には、パーフォレーターによって穿たれた穴がある。そこから太く伸びる血の帯が顎先から滴っている。そして、右目は、自らの手で瞼を縫い付けられていた。穴を開けたものの思ったような結果が出なかったから、そうした。

トレパネーションで第六感に目覚める者は、約三十六パーセントしかいない。

残りは、何も起きずに終わる。

だから強引に、右目を縫って潰していた。

血を滴らせながら、狂気の笑みで伊藤学は屋上にいる。眼下に広がる都市を見下ろしている。そこを行き交う人々を、伊藤学は左目で見ている。

何かが見えるだろう。見える、はずだ。

穴を開けろと言ったのは名越進だ。その口角は引き攣ってなどいなかった。

だからそう信じなければならなかった。そうでなくては自分を救えないからだ。

名越進が去ってしまった今、伊藤学は自らに手術を施すしかなかった。自分で、自分に穴を開けた。

トレパネーションで第六感に目覚める者は、約三十六パーセントしかいない。

名越進がマツダ・キャロルの運転席に乗りこむと、助手席にはチヒロがいた。

笑っている。

名越進も、笑い返した。

「お待たせ」

キーを回し、エンジンをかける。ふとサイドミラーを見る。そこにチヒロが映っている。何も変わらず、チヒロがそこに映っている。右目を閉じて、もう一度、ミラーを見る。しばらくそうしていた。

ミラーの中に映っているのは、チヒロではなく、名越進本人だった。

自分が、自分を見つめ返してくる。

ミラーの中の名越進は、左の口角が引き攣っている。

自分自身を他人のように、名越進は見ていた。

ホムンクルスは脳が生み出した虚構に過ぎない。都合のいい妄想でしかない。

その言葉を思い出して、苦笑した。

ではこれは、一体、自分にとってどんな風に都合がいい妄想なのだろう。鏡の中から自分を見ている自分が、嘘を吐くときの表情を浮かべてそこにいる。そこに名越進が見えていることに、何の嘘偽りもなかった。

ただ、左口角がずっと引き攣っているというだけだ。ずっと。

きっとこれからも、自分に見える自分のホムンクルスは、左口角を引き攣らせているだろう。

きっと誰だってそうなのだ。口を引き攣らせるだけ、自分はまだ正直ではないかとも思う。

助手席からチヒロが、不思議そうに自分を見ていた。

「……どうかした？」

チヒロのその言葉が、名越進の全身をじわりと縛り上げる。縛り上げられ、塗り固められていくのは全く苦痛ではなく、むしろ、心地よさがあった。名越進のそれよりも硬く強度のあるチヒロの虚構に身を委ねるのは、本当に、気持ちが良かった。

「何でもない。……行こうか」

そう言って、キャロルを走らせる。

チヒロは、何も言わない。ただ名越進を助手席から見ている。自分の虚構に侵食され、頭からつま先まで妄想に浸り、チヒロの望む都合のいい妄想の中で名越進は生きている。慈しむような目をしていた。

チヒロの織りなす虚構には、名越進は不可欠だった。

不可欠であると望まれている名越進は幸せだった。

やがてキャロルは街を出る。

虚構と妄想に彩られた世界に、母親のような歳の旧車で滑り込んでいく。

菜の花の咲く道が見えてくる。

それが何処なのかなど、名越進には、どうでもいい。その目は既に、チヒロの虚構に染められている。地平線が見えるような、ロマンチックな風景だ。のどかな田園に続く果てしない道路をキャロルが走っている。

菜の花が、揺れている。

チヒロが、傍にいる。

名越進の左口角は微動だにしない。

それは名越進にとっては今や、都合のいい現実そのものでしかなかった。

（終）

ヒノマルソウル〜舞台裏の英雄たち〜

涌井 学／著　杉原 憲明・鈴木 謙一／脚本

ISBN978-4-09-406768-2

小学館文庫
好評既刊

ブラック校則

涌井 学／著　此元 和津也／脚本

ISBN978-4-09-406697-5

見えない目撃者

豊田 美加／著

ISBN978-4-09-406686-9

小学館文庫
好評既刊

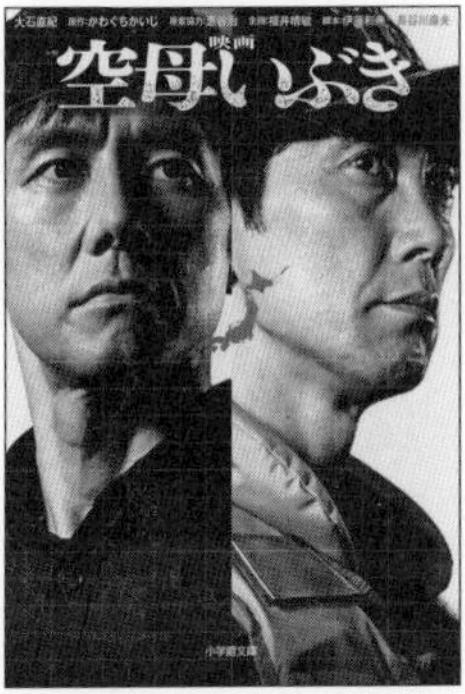

小説 映画 空母いぶき

大石 直紀／著　かわぐち かいじ／原作

伊藤 和典・長谷川 康夫／脚本

福井 晴敏／企画　惠谷 治／原案協力

ISBN978-4-09-406632-6

本書のプロフィール

本書は、山本英夫原作、二〇二一年公開の映画『ホムンクルス』の脚本をもとに著者が書き下ろしたノベライズ作品です。

小学館文庫

小説《しょうせつ》　ホムンクルス

原作　山本英夫《やまもとひでお》
脚本　内藤瑛亮《ないとうえいすけ》　松久育紀《まつひさなるき》　清水《しみず》 崇《たかし》
著者　江波光則《えなみみつのり》

二〇二一年四月六日

発行人　飯田昌宏
発行所　株式会社　小学館
〒一〇一-八〇〇一
東京都千代田区一ツ橋二-三-一
電話　編集〇三-三二三〇-九一〇四
販売〇三-五二八一-三五五五
印刷所――――図書印刷株式会社

この文庫の詳しい内容はインターネットで24時間ご覧になれます。
小学館公式ホームページ　https://www.shogakukan.co.jp

ISBN978-4-09-407004-0